El déspota adolescente

Relatos

Biografía

Lorenzo Silva (Madrid, 1966) ganó el Premio Nadal 2000 con *El alquimista impaciente*. En 1997 quedó finalista del mismo premio con *La flaqueza del bolchevique*. Es autor de algunas obras para el público juvenil (*Algún día, cuando pueda llevarte a Varsovia*; *El cazador del desierto* y *La lluvia de París*), de los libros de viajes *Viajes escritos y escritos viajeros* y *Del Rif al Yebala. Viaje al sueño y la pesadilla de Marruecos*, del libro de investigación *Líneas de sombra*, de las novelas *Noviembre sin violetas*, *La sustancia interior*, *El urinario*, *El lejano país de los estanques* (Premio Ojo Crítico, 1998), *El ángel oculto*, *El nombre de los nuestros*, *La niebla y la doncella*, *Carta blanca* (Premio Primavera de Novela, 2004), *Nadie vale más que otro* y *La reina sin espejo*.

Lorenzo Silva colabora asiduamente en prensa con reportajes, artículos literarios, de viajes y de opinión.

Lorenzo Silva

El déspota adolescente

DESTINO

Avinguda Diagonal, 662, 6.ª planta. 08034 Barcelona (España)

Diseño e ilustración de la cubierta: Gabi Beneyto
Fotografía del autor: © Juan Millás
Primera edición en Colección Booket: abril de 2007

Depósito legal: B. 11.926-2007
ISBN: 978-84-233-3896-2
Impresión y encuadernación: Cayfosa-Quebecor
Printed in Spain - Impreso en España

Para todos los que estuvieron, y hoy no están.

Para M.ª Ángeles y para Carlos, que por ventura siguen aquí.

The languor of Youth — how unique and quintessential it is! How quickly, how irrecoverably, lost! The zest, the generous affections, the illusions, the despair, all the traditional attributes of Youth —all save this— come and go with us through life. These things are a part of life itself; but languor —the relaxation of yet unwearied sinews, the mind sequestered and self-regarding— that belongs to Youth alone and dies with it.[1]

EVELYN WAUGH, *Brideshead Revisited*

1. La indolencia de la juventud.... Qué única, qué pura es. Qué rápida, qué irrecuperablemente se pierde. El goce, los sentimientos generosos, las ilusiones, la desesperación, todos los atributos tradicionales de la juventud (todos, salvo ése) van y vienen con nosotros a través de la vida. Esas cosas son parte de la vida misma; pero la indolencia (la laxitud de los músculos todavía sin desgastar, la mente abstraída y ensimismada), eso pertenece a la juventud y muere con ella.

A MODO DE ORIENTACIÓN

Los relatos que integran este libro fueron escritos a lo largo de un periodo de catorce años, entre 1989 y 2003. Su creación respondió a estímulos diversos y confieso que en absoluto sistemáticos: a veces fue una petición, en ocasiones una novela más o menos frustrada de la que el relato en cuestión pudo o quiso desgajarse, y en algún caso (no muchos) la voluntad espontánea de escribir un cuento.

Siempre me he sentido, ante todo, novelista, y he recelado de mis aptitudes para desarrollar con brevedad lo que a mi juicio debe tener una narración: personajes, emociones, tiempo, propósito. Por eso no me he volcado con el género corto ni lo frecuento, y por eso, deducirán los malintencionados, quizá no debería existir este libro.

El hecho de que exista debe mucho a los lectores que llegaron a algunos de estos cuentos por un camino ajeno al tradicional. Me refiero a aquellos que los leyeron en una página de Internet (www.lorenzo-silva.com), donde más o menos subrepticiamente los fui colgando para ver qué pasaba, y quizá para archivarlos en ese extraño éter del ciberespacio, que es una forma de ser sin ser del todo. Pero sucedió que no pocos de esos lectores cibernautas me mandaron opiniones generosas, y a veces exhortaciones vehementes a dar los cuentos a la imprenta. Entonces empecé a dudar. Y ésa es, en última instancia, la razón por la que, sin abandonar su alojamiento ciberespacial, aquellos relatos, en compañía de algunos otros, pasan hoy al papel. Quiero dejar constancia de ello para que se sepa a quién se debe este libro, aunque no pretendo traspasar a nadie mi culpa. Nuestros crímenes nos corresponden para siempre, aunque nos absuelvan de ellos.

Decía al principio que estos relatos fueron surgiendo cada uno por su cuenta, al menos en mi conciencia. Sin embargo, he considerado que podía reunirlos porque a la hora de releerlos, y de repasar así los catorce años de escritura que representan, me ha parecido advertir un hilo de continuidad, acaso inconsciente. A ese hilo responde el título, tomado del texto que cierra el libro, y que fue el primero que escribí. Todos estos relatos aluden, en mayor o menor medida, a la juventud, o si se quiere, a la inmadurez. Sus personajes la añoran, tratan de rechazarla o aceptan su pervivencia; ya sea como una forma de pureza o como una forma de condenación. Pero en todo caso, se sienten sujetos a ella. Muchos de ellos reconocen no haberla superado, porque hablan consigo y consigo uno siempre dice verdad, aunque esa verdad difiera de lo que conviene que los demás crean de uno.

Vivimos, envejecemos, acumulamos experiencias; pero

nunca vencemos del todo nuestra perplejidad inicial, nunca nos sacudimos de encima a ese déspota adolescente que se impone a nuestras canas, a nuestros logros y a nuestros fracasos. Ésa es la idea (atroz o esperanzadora, según el gusto del consumidor) que, sin yo querer, fue componiendo este libro. Y por eso he creído que debía anotarla aquí.

Getafe, 30 de junio de 2003

FÁBULA DE POLITO Y GAMBOA

Vista desde lejos, la explotación agropecuaria de Gabriel no transmitía sensación alguna de eficiencia o de racionalidad productiva. Someramente descrita, constaba de un conglomerado de retales de dispares procedencias (maderas, chapa, alambre, cartones, ladrillos y otros restos de derribo) que componían entre cuatro y cinco bloques de dudosos límites y distintas alturas, donde se hacinaban en pacífica promiscuidad animales de diversas especies (incluyendo una rica gama de parásitos). Alrededor de esta masa principal se extendía un par de hectáreas de huerta, integrada por cultivos variados que subsistían a duras penas y en cuya elección y mantenimiento no había influido ningún criterio de rentabilidad, sino como mucho la costumbre y como poco la desidia. Un cercado de disposición irregular hacía las veces de frontera entre aquel reino y los de otros propietarios y completaba las instalaciones.

Cuando le conocimos, Gabriel andaba por los setenta años. Entre los de su generación, y aun fuera de ella, era un hombrón considerable; pasaba del metro ochenta y cinco y la edad apenas le había doblado el esqueleto. De su vida anterior sólo conseguimos reunir retazos aislados, con los que en alguna ocasión salpicaba sus profusas peroratas. Había nacido en aquellos montes, en mil ochocientos setenta y tantos. Se había librado de Cuba y de Filipinas por fortuna, de África por edad y de la Guerra Civil porque en los primeros días se había largado a la sierra con una mula y no había bajado hasta estar seguro de que se habían acabado los tiros entre aquellos dos hatajos de bandidos, como calificaba equitativamente a ambos bandos. Nunca se había casado, pero tenía cinco hijos, cada uno con una mujer diferente. A todos los había atendido o atendía, y para dos de ellos, que habían emigrado a Argentina y Venezuela, nos dictaba parsimoniosas misivas que nos pedía que le releyéramos luego, a fin de rectificar puntillosamente lo que no le parecía del todo redondeado. Tanto cuando repasábamos estas cartas como cuando le leíamos las de sus hijos, que guardaba con ansia de analfabeto hasta que íbamos a verle, daba a menudo en derramar copiosas lágrimas, que resbalaban rápidas por la piel dura y seca de sus mejillas.

Su filosofía de la vida no era especialmente alambicada, pero no por ello incurría en distorsiones graves de la realidad. Para él, la guerra, por poner un ejemplo, era un efecto de la escasez. Cuando el Rey veía que había ya demasiada hambre, se metía en una guerra por ahí, rebajaba el excedente de población y entonces volvía a haber pan para todos, es decir, para los que quedaban. Aplicadas a la práctica, sus teorías eran igualmente contundentes. Capaba a los gorrinos pequeños en serie, sin estremecerse, y nos los pasaba al momento para que les pusiéramos desinfectante en la herida y se la untáramos luego con limón —con lo que se conseguía que no dejaran de chillar en media hora, pero también evitarles ulteriores contrariedades—. Lo mismo, una mañana que se le atravesó la idea por la cabeza, realizó la delicada operación a un verraco de un par de cientos de kilos, que hubieron de sujetarle entre seis.

Otro día fue una vacunación de gallinas. Después de haber atrapado y pinchado a casi todas, quedaban en el corral cinco que por más que se afanaba no lograba capturar.

—A éstas las voy a vacunar para siempre —resolvió al fin, y cogió una estaca y las liquidó a las cinco.

Pero Gabriel también era la cima de una variopinta pirámide social o zoológica, la que constituía su propia granja. Dentro de esta pirámide el segundo escalón venía representado por los cerdos, los más fructíferos de todos los animales; en el tercero estaban las demás especies; y en el cuarto y último, dos personajes singulares: Polito y Gamboa —por este orden—. Polito —es decir, Hipólito— era un tonto de unos veintiocho años, que medía metro y medio de estatura y hablaba comiéndose la mitad de los sonidos. Realizaba en la explotación labores auxiliares, a cambio de comida, algo semejante a un techo y una asignación graciable —esto es, un día sí y otro no, según el humor de Gabriel— de una peseta por jornada. Polito limpiaba las pocilgas, daba de comer a los animales y labraba la huerta. Sin lugar a dudas debía su sustento a Gabriel, pero éste no se privaba de mezclar con esta obra de caridad global algunas puntuales canalladas. Por ejemplo, sabedor de la invariable fruición con que fumaba su subalterno, de vez en cuando lo llamaba y le decía:

—Polito, ven aquí. Vamos a echar un pitillo.

Polito se acercaba cabeceando y mirándole de soslayo; tomaba el cigarro que Gabriel le había liado y para encenderlo le metía una chupada en la que ponía toda el alma. Acto seguido, tiraba el cigarro al suelo y salía bufando, mientras increpaba sin el menor comedimiento a su jefe:

—Ede un hío uda, e ao en du uda ade.

Gabriel había tenido, una vez más, la ocurrencia de liarle un pitillo de tabaco con pimienta.

El último miembro de aquella comunidad, jerárquicamente hablando, era Gamboa. Con independencia de su posición inferior, se trataba de un personaje notable por otros muchos conceptos. Gamboa era un mastín descomunal, con la alzada de un mulo, una cabeza del tamaño de la de un toro y unas mandíbulas en las que en cierta ocasión, justo antes de que Gabriel comprendiera que semejante bestia debía estar permanentemente encerrada y atada, había llevado a un hombre sin más esfuerzo que el que a un lobo le supone arrastrar a un conejo. De su situación en el último escalón de la pirámide no podían caberle dudas a lo que tuviera de cerebro dentro de aquel cráneo inmenso, habituado como estaba a recibir abundantes demostraciones. Una de ellas se producía cuando Gabriel, después de que se hubiera dado de comer hasta a las gallinas, tomaba un mendrugo de pan, grande apenas como un puño pequeño, y se lo arrojaba diciendo:

—Toma, Gamboa, cabrón, que tú no trabajas.

El mendrugo desaparecía en las fauces del perrazo, que lo tragaba sin masticar y se quedaba tan quieto como estaba siempre, sabiendo que aquél era todo el alimento que se le proporcionaría a lo largo del día.

Precisamente una de las cosas que más llamaban la atención de aquel bicho, pese a resultar una consecuencia lógica de su régimen de vida, era su impasibilidad. Estaba siempre tendido, inmóvil; miraba con ojos bovinos lo que pasaba por delante de él y no ladraba nunca. Ello no quería decir, como había exhibido con el incauto que traspasando la alambrada había determinado su reclusión perpetua, que careciese de ferocidad. Una noche le vimos levantarse de pronto, deslizarse con sigilo y dar un salto de pantera hasta el filo superior de su jaula, por el que un gato estaba cometiendo la imprudencia de pasearse. Cuando cayó tenía el gato entre los dientes, y cinco minutos más tarde lo había devorado casi totalmente. En otra ocasión, una mujer a la que Gabriel engordaba un par de puercos fue a visitarle acompañada por un chucho chico. El chucho andaba suelto, husmeando arriba y abajo, mientras Gabriel le observaba de reojo. Al cabo de unos minutos le comentó sin mucho énfasis a la dueña:

—Tenga usted cuidado con el perrillo, que a lo mejor el otro le hace algo.

Reiteró la advertencia por segunda vez minutos después, pero la despreocupación de la dueña del chucho no cosechó una tercera, porque antes de que transcurrieran dos minutos más, el animal, que se había acercado demasiado al cubil de Gamboa, era un amasijo rosa de pelo, carne y sangre entre sus maxilares de acero.

Nadie, por consiguiente, ni nosotros, ni el propio Gabriel, se atrevía a aproximarse a menos de un par de pasos de Gamboa. Nadie salvo, curiosamente, Polito. Sin que se supiera a ciencia cierta la razón, Gamboa le tenía auténtico pánico. Verle y esconder la cabezota entre las patas era todo una. Polito entraba en su jaula, lo apartaba a patadas y le daba la espalda para limpiarla, o le metía la mano en la boca, sin inmutarse y sin que Gamboa alzara en todo el rato las orejas. Una posible explicación —en la que se confundía la causa con el efecto y que por ello nunca aceptamos, quedándonos en la incertidumbre— existía la tentación de hallarla en las noches que Polito cobraba. Para celebrarlo, se iba con su peseta a una especie de taberna que había por allí cerca, en la que a cambio de todo su jornal le daban una botella de litro llena con los restos que quedaban en los platillos que ponían debajo de los grifos de las barricas. Oscurecido y espoleado por aquella mezcla diabólica de blancos con tintos y finos con dulces, regresaba dando tumbos y se iba directo al sitio de Gamboa. Sin mediar palabra por su parte ni provocación por parte del aterrado monstruo, cogía un garrote y apaleaba al mastín hasta quedar exhausto. Ignorando por qué Gamboa consentía sin resistirse que aquel hombrecillo tambaleante lo machacase, como de hecho lo ignorábamos, el misterio, lejos de esclarecerse, se volvía más profundo.

Polito vivía en un chamizo de cañas que él mismo se había construido, junto al corral. Según mi padre, que fue el niño que conoció todo lo que acabo de referir, Gamboa y el tonto dormían allí en el invierno, apretándose juntos contra el frío y la lluvia. Cuando los imaginaba así, compartiendo en la oscuridad del chamizo su sueño irracional e intermitente, siempre me asaltaba la idea de que aquello era una metáfora, tan tierna como malvada, de las causas por las que a veces dos seres asumen un destino común en la vida.

LA TENTACIÓN DE SPINOZA

Ninguna cosa puede ser mala por lo que tiene de común con nuestra naturaleza, sino que es mala para nosotros en la medida en que nos es contraria.

SPINOZA, *Ética.*

Aquella tarde, el portugués se había acordado, por alguna malicia del azar, del día en que su precursor Uriel da Costa había interrumpido, disparándose un tiro en la cabeza, el curso impío de sus especulaciones sobre la trascendencia. Todavía ignoraba, aunque por poco tiempo, que las más conspicuas mentes del *ghetto* maniobraban para arrojarle a la misma soledad pestilente que había persuadido a Da Costa de alzar su propia mano contra sí. Desconocía, también, la estratagema ominosa que algunas de esas mentes, las más iluminadas y caritativas, habían urdido para salvarle.

El portugués caminaba deprisa y absorto, como habrían de representarle después en los lienzos. Sólo se paraba a mirar el mundo, o aquel trozo tenebroso de él que formaban las calles de Amsterdam al anochecer, cuando discurría por los puentes encima de los canales. Como a todos los hombres meditadores, le fascinaban el agua y las barcas. Fue en mitad de uno de aquellos puentes donde le abordaron dos jayanes corpulentos, a quienes supo en seguida hebreos, como él.

—Disculpadnos, maestro —se le dirigieron.

El portugués era demasiado joven, y le constaba demasiado el mucho atrevimiento de sus teorías, para no recelar ante aquel tratamiento reverente. Tras el primer sobresalto, volvió la cabeza. Al otro lado del puente, cubriendo su posible retroceso, había otras dos oscuras siluetas judaicas. Sus manos habían aprendido el arte de labrar el vidrio para que aumentara la apariencia de los seres, pero no habían sido ejercitadas en ninguna de las disciplinas marciales. Por ello, y por la abrumadora superioridad del oponente, debía avenirse a que aquellos individuos hicieran de él a su antojo.

—¿Quiénes sois y qué me queréis? —indagó, por averiguar si había ocasión de prestarse de grado a lo que pretendieran.

—No importa quiénes somos —habló el que antes se había excusado, un mozo de afilada barba—. Nos envían personas principales de nuestra comunidad, que desean favoreceros.

—Si desean favorecerme —osó deducir—, no precisan enviarme a los mensajeros de cuatro en cuatro, ni los mensajeros han de cerrarme el paso a mitad de un puente. Pueden invitarme, y dejarme considerar si rehúso o acepto.

—He de invitaros, precisamente, a que me acompañéis.

—Si venís, como decís, a invitarme —porfió en aquella audacia de construir silogismos—, podré negarme a acompañaros. Precisamente ahora debo atender algunos asuntos que me son de gran interés, y que acaso habrán de darme también algún provecho.

—Os ruego que me disculpéis otra vez —repuso el de la barba—. No he sido instruido para regresar sino en vuestra compañía.

El portugués era amante de la verdad y también de enseñarla, aun con riesgo, pero repudiaba el valor inútil. Aclaró a quien le prendía:

—No dificultaré que cumpláis con vuestras instrucciones, ni aumentaré insensatamente mis propias dificultades. Os sigo, aunque forzado.

Con dos hombres detrás y los otros dos precediéndole, el portugués recorrió un itinerario silencioso bajo la noche sin estrellas. Sólo algunas luces exiguas despertaban, aquí y allá, el reflejo metálico de los canales. Al cabo se internaron en las callejas angostas de la judería, por las que fue guiado hasta una casa de severo aspecto. Uno de sus captores llamó a la puerta, que una sirvienta acudió a abrir con prontitud. Se le indicó que entrara y después subiera una escalera que trepaba, con la empinadura usual en las construcciones del lugar, al piso superior.

Arriba, luego de pasar junto a una pequeña pieza a su derecha, desembocó en una estancia despejada. Al otro extremo había una mesa más larga que extensa, y tras ella, tres hombres sumidos en la penumbra. Pudo no obstante, por la indumentaria y por el continente, distinguir que se trataba de un rabino y dos mercaderes acomodados. Se había dispuesto una silla para él, frente a los tres hombres, y el que le había llevado hasta allí le ofreció sentarse.

—Prefiero quedarme en pie, mientras obedezco la voluntad de otro —declinó el portugués, acaso con un punto indebido de orgullo.

—No seáis tan áspero, maestro —aconsejó uno de los mercaderes—. No queremos imponeros voluntad alguna, sino conciliar la de todos en la forma más justa y satisfactoria.

El portugués reiteró su negativa:

—No os ofendáis porque rechace la comodidad que me ofrecéis. Tampoco me llaméis maestro. Ved que quizá no alcance la mitad de vuestra edad, y no recuerdo, ni mi soberbia me hace creer, que nunca os haya mostrado nada.

—Es cierto que no contáis muchos años —terció el rabino—, pero es de sobra reputado, y no sólo en Amsterdam, el alto conocimiento que habéis alcanzado en muchas materias filosóficas, sin hacer ascos a la Geometría o la Cábala. Esa ciencia os releva de cualquier deber de modestia.

—No hay en todo el mundo, ni en toda la historia del saber, conocimientos bastantes para que un hombre, cualquier hombre, se sienta autorizado a dejar de ser humilde —objetó el portugués—. Uno sólo vale lo que se esfuerza, y la vanidad es morada de indolentes.

—Bien que os resistís a recibir el título de maestro, pero sólo habláis como filósofo —intervino el segundo mercader, que tenía una voz casi mujeril—. No os hemos hecho venir para discutir vuestras tesis. Creo que puedo hablar en nombre de los tres si digo que vuestras aventuradas pesquisas sobre la disposición del ser y las leyes de la Naturaleza, y aun sobre el sentido de las Escrituras, despiertan nuestra simpatía, aunque no podamos compartir vuestras conclusiones y menos desear que se difundan entre el vulgo.

El portugués, que aún no había llegado a la insolencia que le permitiría desechar la religión y dar por irrefutable su metafísica (invocando para ello la misma certeza con que puede pronosticarse la suma de los ángulos de un triángulo), se sintió obligado a precisar:

—Apenas he comenzado a elaborar alguna conclusión, señor.

—Debéis comprender —tomó la palabra el primer mercader—, que vuestras ideas nos causan perjuicio. Dudáis de que a Moisés le fueran realmente separadas las aguas del mar e imagináis a Dios sometido a los avatares de sus criaturas. No diremos que os lancéis a semejante empresa sin auxilio de la razón, pero acaso eso agrave y no atenúe el daño.

Guardó silencio el portugués ante la inexacta transcripción de su pensamiento, sin imaginar que aún muchos años después, poetas ansiosos de celebrarle incurrirían en idénticos errores, haciendo coincidir a su Dios con la suma de todas las estrellas. En este punto habló el rabino:

—Y a ello añádase vuestra conducta. No tenéis reparo en dejaros ver con esos herejes españoles, como el que se hace llamar doctor Prado, que con el solo fin de escapar a la persecución de la Inquisición y de su rey, y bajo el pretexto de una conversión insincera, se han refugiado últimamente entre nosotros. Junto a ellos, negáis que el alma sea inmortal e insistís en que no hay Dios sino filosofalmente.

—Lo primero no se opone a la Ley de nuestro pueblo —se defendió el portugués—. Lo segundo nunca lo he sostenido, con la simplicidad con que lo reseñáis. Y en cuanto a los españoles, provenimos de la misma península, y por ello hablo su lengua con más soltura que la de Holanda. Eso, y ninguna herejía, es lo que nos une.

El segundo mercader, el de la voz femenina, susurró algo al oído del rabino. A continuación, dijo en tono conciliador:

—No estamos aquí para censuraros. Pero debéis entender que nos ponéis en situación difícil ante las gentes de este país. Los cristianos de esta tierra tienen demasiado reciente la sangre de sus guerras de religión como para disculpar que nosotros, los judíos a quienes han asilado, desprestigiemos por medio de nuestras mejores inteligencias la autoridad de dogmas que profesan con tanto o más fervor que la Iglesia de Roma. Por eso, pero también porque respetamos vuestros méritos, queremos ofreceros un compromiso.

—A los tres que estamos aquí presentes nos une una antigua amistad con vuestro padre —prosiguió el otro mercader—. Hemos comerciado juntos y también juntos nos hemos sentado en el Consejo. Debéis saber, si no lo sospechabais, que está tomada la resolución de expulsaros. Para impedir el dolor de vuestro padre, y contra la oposición de los furibundos, venimos a proponeros una alternativa más benévola, y creemos que más eficaz, pues contaría con vuestro consentimiento. Ésta es la oferta: os abstendréis de propagar vuestras doctrinas y abandonaréis las compañías que os deshonran, y a cambio percibiréis una renta anual de mil florines, con la que podréis subvenir a vuestros gastos. Podréis trabajar cuanto gustéis, sin preocupaciones materiales, pero guardaréis para vos el resultado de vuestro trabajo.

El portugués simuló un titubeo, pero en realidad estaba afilando las palabras con que repeler aquella ingenuidad. Años más tarde le escatimaría a un rey la dedicatoria de un libro, perdiendo otra renta vitalicia, y desdeñaría la cátedra de Heidelberg que pondría a su disposición el Príncipe Palatino, por haberle exigido someter a límites la soberanía de su intelecto. En aquel instante, mientras el rabino y los dos mercaderes aguardaban su respuesta, evocó la única tentación que acaso pudo algún día apartarle de su camino: el amor imposible de la hija de su maestro Van den Ende, cuya indiferencia le había condenado a estudiar con furia el latín y a los Escolásticos. Si aquella muchacha se le hubiera brindado, dándole a elegir entre ella y la libertad de pensar, habría debido renunciar a esa libertad, porque a su naturaleza y a su felicidad convenía también, y más fuertemente, el amor de la hija de Van den Ende. Pero lo que ahora le ofrecían, con ascender a una bonita suma, no era más que un puñado de monedas, y las monedas sólo servían para adquirir lo que distaba mucho de precisar.

—Nunca me he afanado por la fama —habló al fin—, porque quien espera el reconocimiento de los hombres se desvía de su propio ser y se expone a decepciones. Debéis considerar, por ello, que no me repugna que se me inste a permanecer secreto, sino que se me exija, a mí que busco honradamente la esencia de las cosas, lo que no se exige a quienes trafican a la ligera con patrañas. Lo que me dais, es nada. Lo que pedís, lo es todo para mí. El mal con el que me amenazáis, sólo lo es para vosotros. Agradezco vuestra bondad y protesto por el pobre concepto en que tenéis mis principios. Si vuestra embajada era la que habéis dicho, agotada queda. Os pido licencia para irme.

Los mercaderes guardaron un grave mutismo. El rabino observó:

—Merecéis el castigo, desde que os jactáis de no temerlo. Mucha fe tenéis en vuestra razón. Que no os abandone cuando nada y nadie más os ampare.

El portugués sopesó con compasión la advertencia de aquel hombre. No se percataban de que su acto no era heroico, sino necesario. Para él, que gozaba del formidable recurso de cuestionar el libre albedrío, no existía en ninguna circunstancia una opción verdadera, sino el inexorable dictado del instinto y la tiranía inapelable del deseo.

Sin embargo, el día en que se vio solo en mitad de la Sinagoga, el portugués sintió como un escalofrío la posibilidad de haber equivocado aquel juicio categórico. Las luces del templo, deslumbrantes al principio, se iban apagando en el transcurso de la ceremonia por la que se le ponía en anatema, simbolizando la extinción de su alma. De cuando en cuando sonaba el gemido de un horrible cuerno. Mientras, alguien recitaba la fórmula atroz:

—Anatematizamos, execramos y maldecimos a Baruch de Spinoza, con el asentimiento de toda la comunidad sagrada, en presencia de los libros con sus seiscientos trece preceptos, y con todas las maldiciones escritas en el Libro de la Ley. Maldito sea de día y maldito sea de noche, maldito al acostarse y maldito al levantarse, maldito cuando salga y maldito cuando entre. Que el Señor no lo perdone ni lo reconozca jamás...

No era vana su aprensión, aunque hubiera de acabar venciéndola. A partir de aquel rito, fue aborrecido de su pueblo y de su familia, y se sintió durante algún tiempo desgraciado y solo. Se rehízo para responder a su excomunión con un alegato vertido en lengua hispana, que es propicia para proclamar orgullos. Allí aseveró, congruente con sus filosofías, no verse tras la expulsión obligado a nada que no hubiera hecho en todo caso. Pero cuando un energúmeno quiso hincarle un puñal en plena calle, se vio forzado a marcharse de Amsterdam y refugiarse en sitio recóndito.

Desmintiendo el agüero del rabino, la razón protegió al portugués del abismo en que se ahogara el impetuoso Uriel da Costa. Mientras se procuraba sustento con las destrezas de óptico que había adquirido cuando estudiante (pues los sabios de Israel habían estipulado que todo hombre instruido que no conociera un oficio pararía en bribón), ahondó en su idea de Dios y de la dicha, a la que puso por seguro cimiento de la moral. Pero nunca olvidó a Uriel da Costa, el suicida que le había precedido en la ira de los ortodoxos. Existe una astuta pintura que representa a Da Costa y a Spinoza, el primero como un hombre de frente arrugada, el segundo como un arrapiezo de improbables guedejas rubias, leyendo juntos un enorme libro. Da Costa muestra la mirada obsesionada que le conduciría a la perdición; el niño, aun discípulo, el escepticismo curioso que le preservaría.

Al final de su vida, cuando los honores le asediaban y los magistrados reclamaban su mediación para afrontar trances decisivos de la república, el portugués pudo rememorar con un sabor diferente, el de la certidumbre, la noche en que había despreciado la tentación de someterse al salario de los guardianes de una Ley corrompida. Confiado al axioma de que no hay dos cosas diferentes que sean la voluntad y la inteligencia, murió creyendo que sus actos habían sido el solo resultado de leyes que se concatenaban, sin haber añadido por su parte otra virtud que la de interpretar y no aspirar a estorbar su recto curso.

Así partió, sin queja, acatando el destino terrible de disolverse en la potencia del Dios que había concebido, tan consustancial a sus criaturas, que carecía por igual de la facultad de amarlas y de la de redimirlas.

LA CABEZADA DEL CANÓNIGO

Hasta entonces, el canónigo había resistido heroicamente. Cualquiera que lo hubiese buscado con la mirada en la fila de dignatarios eclesiásticos se habría topado con su gesto concentrado, férreamente sostenido por un cuello enhiesto y firme como las torres de la catedral. Pero cuando el señor obispo, con su proverbial falta de chispa oratoria, decidió internarse en las espesuras del misterio de la Trinidad, aquel cerebro que se había mantenido abnegadamente alerta decidió interrumpir de pronto el esfuerzo y el cráneo del canónigo se desplomó sobre su pecho. Si no hubiera estado su barbilla protegida por algunos tejidos adiposos, fruto de su afición al buen yantar, ni su torso envuelto en los gruesos ropajes que acreditaban su investidura, el chasquido de vértebras se habría escuchado hasta en la última fila de los bancos donde los fieles aguantaban el sermón.

Pasaba el canónigo por ser hombre bonancible, aunque severo, creyentísimo cristiano y fidelísimo servidor del obispado. Confiábase en él para cualquier tarea que precisara de un clérigo intachable, porque el señor obispo no creía contar con nadie más capaz ni más dispuesto entre todos los que a sus órdenes se encontraban. Solía decirle, en broma: «Si alguna vez nos saliera un endemoniado, Dios no lo quiera, ya sabes a quién designaría para realizar el exorcismo». A lo que el canónigo, bajando la mirada, asentía resignadamente.

Quienes le veían ahora dormir, vencido por el aburrimiento, en mitad del sermón de Pentecostés de Su Eminencia, se hacían cargo. El canónigo ya no era un hombre joven, sobre él recaían muchos de los más graves negocios de la diócesis, acaso no había dormido bien la noche anterior. Perfecto derecho tenía, aquel sacerdote recto y sacrificado, a descargar una cabezadita para aliviarse de las preocupaciones cotidianas. Supusieron, quienes le vieron traspuesto, que durante ese lapso en que dormitaba, nada acontecía en su mente. Pero se equivocaban. El canónigo nunca dejaba de cavilar, y si había interrumpido momentáneamente la conexión con la realidad exterior, había sido para indagar con más desahogo en sus propios asuntos. Desembarazado de cuanto le rodeaba, podía abandonarse a la más absoluta libertad de pensamiento. Y he aquí lo que en verdad discurría el buen canónigo, en el sumidero de su inconsciencia:

Dios mío, qué deplorable falta de enjundia, qué paupérrimo estilo, y esa voz gangosa, tan insoportable. Por mucho que digan que al Altísimo le place escribir derecho con renglones torcidos, cuando alguien los tuerce de esa manera, más bien mueve a sospechar que anda al dictado del mismísimo Satanás. Y no es que yo crea que puede acusarse a este pobre infeliz de ser un siervo del Maligno. Su Eminencia es un pelmazo y un zoquete, pero su propia incapacidad para el raciocinio le predispone para la santidad, porque le impide, entre otras cosas, producir malos pensamientos. Los que deben servir al diablo son quienes impulsaron sus ascensos sucesivos y, sobre todo, quienes urdieron castigar a esta diócesis y a los que vivimos en ella con tan plúmbeo pastor.

Si por lo menos no repitiera una y otra vez la misma parábola... Mira que le gusta, aunque la haya sobado mil veces, aunque siempre la cuente mal, aunque nunca venga a propósito. Calculo que cada vez que la saca a paseo ganamos dos ateos, tres herejes y cuatro indecisos. Esto se podía permitir antes, cuando existía el recurso de relajar a los tibios al brazo secular, imputándoles cualquier infundio. Un ejército fuerte y victorioso puede darse el lujo de tener generales ineptos. Pero ahora las cosas han cambiado, y cómo. A la menor, las ovejas se nos escapan, atraídas por todos los adversarios a los que a duras penas podemos enfrentar. Y bien que se comprende su deserción. Ahí está, con ese sonsonete monótono, trabucando las palabras, levantando las frases a pegotes, como si estuviera construyendo un monigote de barro. Tampoco yo compraría ese monigote burdo, pudiendo agenciarme algo más aparente.

¿Por qué sigo aquí? Siempre que me pregunto esto, me respondo: por comodidad. Pero ¿realmente es más cómodo ponerme estos ropones encima y venir a sufrir el discurso de este mentecato chapucero, cuando podría estar en mi aposento paladeando la sabiduría de los clásicos? Cada vez se hace más duro aceptar que tengo que entregarme a escuchar a mi necio obispo farfullar anacolutos,

mientras renuncio a disfrutar del decoro de Cicerón, la precisión de Aristóteles o la sutileza de Marco Aurelio. ¿Qué estaba leyendo esta tarde, cuando tuve que dejarlo para venir aquí? Ah, sí, Protágoras. El impío Protágoras, pero con qué finura sabe expresar su impiedad: «Sobre los dioses no puedo conocer ni si existen ni si no existen, ni cuál sea su naturaleza, porque se oponen a este conocimiento muchas cosas: la oscuridad del problema y la brevedad de la vida humana». Ah, Protágoras, tenías que ser tú, para mayor escarnio.

¿Cuándo dejé de creer en Dios? Hace ya demasiado tiempo para que pueda recordarlo con exactitud. En realidad, me parece que auténtica fe sólo tuve durante un par de años, tres a lo sumo. De lo que estoy seguro es de que ya no la conservaba cuando me ordenaron. La auténtica fe no es la de la infancia: los niños creen en cualquier cosa, porque en su mundo cualquier cosa es posible. Y tampoco es la de quienes se dicen, una vez llegados a la edad adulta: «Bueno, más vale creer en algo, porque si no habrá que esforzarse mucho por encontrar una razón distinta para proseguir». La verdadera fe es la del que ya tiene edad para saber que muchas cosas ni son ni pueden ser, y a pesar de eso elige creer a pies juntillas; sin ningún propósito, aceptando que su creencia sea una carga más que una ventaja. Esa fe yo la profesé hasta los veinte años, no más. A partir de ahí, recorrí todas las fases del cinismo, hasta ésta en la que me encuentro, que debe de ser la culminación, o hallarse muy cerca de ella.

Es cruel cosa que el tiempo le pase a uno por encima. Todo, absolutamente todo va a peor. El prestigio de la experiencia no es más que una tortuosa invención de los viejos para encubrir su envilecimiento. Sin embargo, hay cosas que no pueden encubrirse. No puedo yo ocultar mi calva, con los tres pelos que malamente le echo por encima, ni puedo, sobre todo, sustraer a mi propia conciencia, el juez que te mira cuando no te ve nadie, lo que he hecho y lo que he sido, desde aquel día de mis veinte años en que perdí la fe en Dios y en la vida, hasta hoy. Me he mentido, he mentido a todos, y miento todavía, constantemente. Miento cuando finjo ser lo que no soy, cuando vivo entre solemnidades de las que mi alma se burla, cuando aparento servir de buen grado a quien mi espíritu arrogante considera inferior. Pero acaso el colmo de mi degeneración radique en que ni siquiera me siento demasiado culpable. Porque mi convicción me lleva a concluir que todos, o casi todos, fingen; que el deber de cualquier hombre con una pizca de sesos es mofarse de las solemnidades que le obligan a celebrar; y que la mejor manera de manejar al imbécil que ejerce autoridad sobre uno es mantenerle siempre al margen de lo que uno realmente piensa.

Será por eso, o porque ya he empezado a ser viejo, por lo que he decidido no destinar ni un solo instante a torturarme por mi bajeza. Convivo como mejor puedo con la carroña maloliente en que me he convertido, al cabo de una vida de imposturas, y trato de apurar los pocos resquicios de placer que están al alcance de un hombre acabado. La inteligencia y la memoria, ésos son mis territorios. La inteligencia, porque en sus dominios aún puedo gustar y mostrar la elegancia que le está vedada a mi cuerpo desmoronado por el vicio y la insatisfacción. La memoria, porque sólo en ella puedo recobrar esa sensación suprema que supone sentirse en posesión de un bello instante. Hace mucho que mi experiencia no suma instantes así. Pero la memoria me dice que los hubo, y con su potencia, una potencia que cultivo sin desmayo, es capaz de restituírmelos.

Leer a Protágoras, recordar la belleza perdida de mi infancia y de mi juventud. Por eso puedo vivir y aparecer erguido ante los demás, en lugar de derrumbarme llorando ante el primero que me mirase a los ojos. Por eso, y no por el aliento del Espíritu Santo, que hace cuarenta años que no siento. Por eso, y no por ser el canónigo de más rango de esta oscura y triste catedral. Por eso, y no porque las beatas se dirijan a mí con reverencia y sumisión. Esta certidumbre es el último reducto de mi supervivencia, la única razón por la que siendo un miserable embustero, sigo considerándome todavía un hombre. Más hombre que estos curas siniestros que se sientan junto a mí, que también se duermen con el sermón soporífero de nuestro chocho obispo, que tampoco son nada ni creen en nada, y sin embargo sueñan que son algo y merecen respeto.

Así, con los ojos cerrados, puedo verme como fui. Puedo volver a aquellos momentos en mi pueblo montaraz, de inviernos feroces y veranos indulgentes. A mis doce o trece años, cuando la vida empezaba a saber de verdad. Qué densidad en las sensaciones, qué consistencia tenía la ilusión. Y bien mirado, nada era por otra parte extraordinario. Subir a la cima de la montaña de la mujer muerta en primavera. Bañarse en pelota picada en el nacimiento del río, aguantando aquella agua helada que te clavaba sus alfileres en cada milímetro de piel. Tomar el sol o respirar el aire cuando venía de arriba, de lo más alto de la cordillera. Y también matar víboras, romperse la nariz a mamporros con alguien, espiar a las mozas que se apartaban apresuradas para aliviarse el vientre. Todo tenía un sabor fuerte, dulce de puro áspero, y cada cosa que uno hacía henchía el espíritu y lo atravesaba de parte a parte. En qué funesta hora persuadieron a mi bondadoso pero obtuso padre de que aquel chico, pese a su indocilidad, apuntaba aptitudes que hacían presa-

giar en él a un competente ministro del Señor. Y qué humillante que aquel bobo cura de pueblo no sólo me apuntara hacia mi destino, sino que también acertara en su pronóstico. Porque he sido un cura íntimamente reprobable, pero exteriormente aplicado y eficaz. No he dejado de cumplir nada que se me encomendara. Nunca se me encomendó que fuera sincero.

Es tan admirable, posee tan milagrosa fuerza la juventud, que incluso entre los lóbregos muros del seminario, conviviendo con todos los listillos pobres de todos los pueblos de no sé cuántas leguas a la redonda, pude conservar la capacidad de sacarles provecho a mis días. Como cuando nos las arreglamos para que el padre Salustiano, el más despótico y dañino de nuestros atrabiliarios preceptores, comiera el potaje con una cuchara sobre la que habíamos meado, por turno, todos los que sufríamos sus variadas sevicias. O cuando conseguimos, con ayuda de un insidioso cordel atado entre dos columnas, que cayera de bruces sobre el vómito que uno de mis compañeros, dotado de la destreza de vaciar su estómago a voluntad, había arrojado a la entrada del jardín del claustro. En aquella ocasión, por ser el delito flagrante y mis compinches personas de quebradiza resistencia a los interrogatorios, fui delatado y hube de sufrir tormento y prisión por mi fechoría, pero aun en la celda tenebrosa y húmeda en que me encerraron me sentía bien, como una especie de bravo capitán traicionado.

Siempre me he preguntado por qué no me expulsaron. Una vez acabada mi reclusión, el padre Salustiano me llamó a su presencia para asegurarme, amenazante, que acabaría metiéndome en cintura. Todavía recuerdo su voz cavernosa, emitiendo aquel extraño veredicto: «Eres una criatura diabólica, y por eso servirás para darle mayor gloria a Dios». Durante mucho tiempo creí que el pa-

dre Salustiano no andaba nada bien de la azotea, y que gracias a esa tara suya pude seguir bajo el cobijo de aquella santa casa y progresar en mi instrucción hasta alcanzar la ordenación sacerdotal. Pero al cabo de los años, no estoy tan seguro. A veces me acuerdo del padre Salustiano y se me aparece provisto de una especie de clarividencia, que le permitió percatarse de que aquel chiquillo semisalvaje tenía un flanco débil: una capacidad casi animal para gozar de la vida y, por tanto, una predisposición natural a la fe. Había que aprovecharse de ella, enredarle antes de que el chiquillo creciera y perdiera su empuje. Si eso implicaba tolerarle alguna que otra infracción, no importaba mucho. Lo que importaba era atraparle antes de que su fuerza se agotara y la fe abandonara su espíritu, porque una vez atrapado, no haría un cura peor que otros. No lo sé, pero si pensó todo aquello, no anduvo nada descaminado, el padre Salustiano.

Por aquel entonces, aunque no creyera en la autoridad de quienes me gobernaban, yo creía en casi todo lo demás. Creía en una gota de rocío, en la mirada de un perro, en la sombra de un árbol. Creer en Dios, y creerme también llamado a servir a sus designios, apenas me costó un esfuerzo suplementario. Mi Dios tenía todos los atributos de magnificencia y omnipotencia que afirman los Padres de la Iglesia, y uno más: excusaba mi indisciplina, mis trampas, mis pequeñas maldades. Me hacía sentir magnífico y omnipotente yo también, porque nunca me cuidé mucho de cometer el pecado de soberbia.

Es un curioso ejercicio pararse a examinar cuándo y cómo se malogran los hombres. A menudo, ocurre que la catástrofe sucede sin solución de continuidad a la embriaguez del triunfo. Así lo enseña el ejemplo de los grandes próceres de la Antigüedad. Pereció

Alejandro Magno siendo el dueño del mundo conocido, Julio César con Roma a sus pies. Mi vida no me ha deparado gestas extraordinarias, pero si hubo un instante en que me sentí favorecido, pisando con las plantas de ambos pies la cima misma de mi fortuna, fue cuando mi camino se cruzó con el de Blanca de Beamonte y mi instinto comprendió, casi en seguida, que ella haría cualquier cosa que yo le pidiera, decente o indecente.

Poco podía imaginar, mientras contemplaba a aquella diosa adolescente rendida ante mí, que mi vida estaba a punto de derrumbarse para siempre; pero apartemos a un lado por un momento el dolor de haberla perdido. No estoy buscando en el recuerdo ahora la amargura de mis descalabros, sino la miel de mis momentos de grandeza. Nunca hice nada tan formidable, nunca conocí tan alto éxtasis, como cuando me zambullí con Blanca en los deleites de la carne; cuando la guiaba entre las angosturas de mi laberinto y sentía cómo ella, alegre y confiada, besaba mi frente de Minotauro. Sé que soy viejo, que mis muelas cariadas apestan y que en mis orejas prolifera una colonia de cerdas repugnantes; no es que vaya a morir, sino que me estoy muriendo día a día. Pero aquí, en este santuario inviolable de mi añoranza, que se sostendrá en pie mientras a mi corazón le quede un latido y a mi cerebro un impulso, habita la imagen nítida de una muchacha hermosa y valiente, que contra todas las imposibilidades que nos acechan me jura su amor eterno. Ah, Blanca, sigues aquí, y yo sigo siendo el que te escucha, el que te colma, el que se enfrenta al infierno por ti. Dicen que cuesta pecar a los hombres que han conocido la fe. Supongo que como todo sobre esta tierra, depende del hombre y del pecado de que se trate. A mí, en cambio, lo que me costó fue conservar la fe que me habían inculcado, después de compartir con Blanca nuestro pe-

cado inocente y maravilloso. No dudé ni un instante, ni ella tampoco. La elección estaba clara, y todos los impedimentos y grilletes que se nos oponían los hicimos saltar en pedazos sin el más mínimo sentimiento de culpa. Mi lengua buscó la suya donde pudo encontrarla, incluso bajo techo sagrado. El primer mandamiento era ensanchar nuestro reino sublime, porque los dos sabíamos que corría peligro, que los enemigos vendrían y se vengarían de nuestra felicidad. Sabíamos que los estábamos insultando, a ellos que vivían sumidos en el fango de la hipocresía y el lodo del interés. Y los insultamos todo lo que pudimos, una y otra vez, hasta gastar nuestra suerte.

Un día fui a buscarla, al lugar donde habíamos convenido reunirnos, y en su lugar me encontré a unos rufianes que después de molerme a palos me aclararon, en nombre del señor de Beamonte, que se habían tomado todas las precauciones para impedir que ella y yo pudiéramos volver a vernos. Cualquier intento por mi parte de sortear dichas precauciones, añadieron, no iba a acarrearme la denuncia a mis superiores de la impropiedad de mi comportamiento como futuro sacerdote, cosa que al señor de Beamonte le traía sin cuidado, sino la más expeditiva y a la vez dolorosa forma de eliminación física. No me habría importado morir por ella, sobre todo en los primeros momentos de desesperación, pero pronto pude saber que las precauciones tomadas por el padre de Blanca habían consistido en llevarla a un país muy lejano. Mis arriesgadas indagaciones no lograron siquiera revelarme en qué continente se hallaba ese país, lo que al cabo de unos meses me colocó ante la necesidad de elegir una forma de suicidio. Podría haberme ahorcado, o haberme tirado de un puente, pero me faltaba poco para concluir mis estudios en el seminario y decidí ordenarme.

Déjeseme prescindir de todos los estériles años transcurridos, de todas las vanas empresas a las que me di para sobrellevar la única dimensión cierta de mi vida, la ausencia de Blanca. Quiero mirarla, sin prisa, con el fervor de siempre. Sus grandes ojos negros, sus brazos delgados pero vigorosos, su sonrisa indestructible. Sé que no soy nada, que seré olvidado y que una vez que utilicen mi lápida para cualquier otro menester no podrá señalarse un solo vestigio de mi paso por este sucio mundo. Pero soy la nada que tuvo en sus brazos a Blanca de Beamonte, y por eso, a pesar de la despreciable simulación en que se ha consumido mi existencia desde que la arrancaron de mi lado, me siento capaz de morir en paz, con la indiferencia y la placidez de los místicos.

En los últimos tiempos, hasta he empezado a tener dudas acerca de la existencia de Dios: por primera vez en muchos años, siento indicios de su presencia. Hace un par de semanas, sin ir más lejos, con aquel cura que, bajo el secreto de confesión, me participó sus dificultades para mantener el celibato. Mientras le oía, reparé en que yo nunca había tenido esas dificultades. A falta de Blanca, ninguna mujer me pareció nunca motivo suficiente para romper mis votos, aunque en nada los valoraba. De pronto se me ocurrió que Blanca pudiera haber sido la señal que Dios me había dirigido de su existencia, el cimiento que me había proporcionado para edificar sobre él, no sólo mi castidad sacerdotal, sino mi entero ministerio. Y por un momento dudé si no era mi soberbia, siempre la misma falta, la que me impedía reparar en ello y me movía a ver en mi desempeño una simple rutina descreída. Hace días que le doy vueltas a esto. ¿Y si Dios fuera todos aquellos instantes de luz y plenitud que experimenté en mis más tiernos años, todo aquello que después, por falta de juicio, he utilizado para resistirme a Su llamada? ¿Y si no soy un escéptico ni un impostor, como me afano en sostener, sino el más cándido y convencido de Sus siervos? ¿Y si resulta que cuando invoco el dulce fantasma de Blanca, para resarcirme de todo lo que me degrada, no estoy haciendo otra cosa que invocarle a Él?

Una y otra vez, vuelvo a caer en la zanja que dejó señalada el viejo, el astuto Protágoras. Es demasiado breve la vida, y demasiado oscuro el problema. Yerran, sin duda, quienes se empeñan en reducirlo a palabras. Sólo sé que últimamente no ceso de frecuentar el mismo sueño. Estoy en el confesionario, aguantando una tras otra la anodina retahíla de pecadillos de mis devotas beatas. De repente, al otro lado de la celosía, ocupa el puesto una inquietante figura. No es una de las de siempre, y sin embargo hay algo que me resulta familiar en ella. Se trata de una mujer de edad, pero todavía atractiva. De vez en cuando el fulgor de sus ojos se cuela entre la celosía y me provoca una sacudida irresistible. Recita para mí sus faltas, iguales a las de las demás, pero en sus labios hay una sonrisa extraña. Cuando parece que ha terminado su relato, y me dispongo, nervioso, a absolverla, ella levanta la mano. «Todavía no, padre», me dice, «aún queda lo más importante». La invito a seguir, y ella, con voz firme, declara: «Me acuso de no haberte buscado con todas mis fuerzas, pero aquí me tienes, y si puedes perdonarme, soy tuya, como lo fui siempre». Entonces comprendo que es Blanca, que ha atravesado el tiempo para rescatarme. Y salgo del confesionario, me acerco a ella, y sin cuidarme del espanto que mi acción provoca en las penitentes que aguardan su turno, me abrazo a mi amada llorando. Como entonces, cuando fuimos el centro del universo, no siento ninguna culpa. Siento el calor tibio de su cuerpo avejentado, que me llega atravesando sus ropas y las mías, y siento la vida que no hemos compartido, y bajo la mirada comprensiva de nuestro Dios, mis labios buscan los suyos y...

La voz de todos los fieles, respondiendo al unísono al obispo que acababa de terminar su sermón y continuaba con la misa, sacó bruscamente al canónigo de su ensoñación. Con un respingo, como los otros canónigos que roncaban a su lado, se reincorporó a la ceremonia, murmurando entre dientes las palabras de las fórmulas litúrgicas. En medio de su modorra, rescató algunas imágenes del sueño reciente. Se veía a sí mismo de niño, espiando a muchachas que defecaban, rompiendo a puñetazos la nariz de un chico pecoso, orinando sobre una cuchara que después había de utilizar su profesor. Acudían a su mente blasfemias horrendas, dignas del más abominable enemigo de la religión, injurias gravísimas contra su buen obispo, herejías panteístas y cosas aún peores. Y sobre todo, le venían a la memoria jirones de una historia absurda a propósito de una mujer con la que yacía una y otra vez, en las circunstancias más sacrílegas y con todo lujo de detalles. En el sueño, no era el sacerdote casto y entusiasta que siempre había sido, sino un fingidor torvo y repulsivo que mientras era ordenado, en lugar de consagrarse a Dios, juraba amor eterno a aquella pobre ninfómana, a quien su padre, para separarla de él, había enviado a un país desconocido. Como en una mala novela romántica de las que a veces se veía obligado a desaconsejar a sus feligresas. Para remate, los dos amantes volvían a encontrarse al cabo de los años, entre aquellos mismos muros, y sin ningún respeto al lugar sacro ni a su oficio sacerdotal, se fundían en un abrazo concupiscente. Le hacía sentir ridículo y violento al canónigo, aunque sólo hubiera sido un sueño, la imagen de los dos sexagenarios, uno de ellos él mismo, buscándose torpes con sus bocas lascivas. Había sido lo último que había soñado, antes de despertar.

«Decididamente», reflexionó el canónigo, «los sueños son cosa del demonio, y no pone demasiado esmero al ingeniarlos.» Era todo tan grotesco, tan desorbitado y tan zafio, que daba risa, si no se detenía uno en su abyección. Supuso que era el castigo que merecía por su liviandad, por la flaqueza de haberse quedado dormido en mitad del sermón del obispo. Cierto era que el obispo no brillaba como orador, y que todos sus compañeros se habían quedado tan fritos como él. Pero ni lo uno ni lo otro eran excusas para el canónigo principal de la catedral. Qué pobre ejemplo y, ante todo, qué debilidades, ay, traía consigo la vejez. En fin, tampoco había que atormentarse. Se pondría alguna penitencia, por ejemplo releer la *Summa Teologica*, que Santo Tomás le perdonara, y dejaría correr el asunto. Los sueños no eran más que eso, sueños, tonterías.

Pero el canónigo, aunque trataba de regresar a lo que le incumbía, seguía distraído. Había algo más que se esforzaba por recordar, algo de aquel sueño insensato. De pronto, le vino. «Se llamaba Blanca», musitó, en lugar de la oración, al tiempo que volvía a ver sus grandes ojos oscuros, fijos en él. Y durante un instante, aunque no podía admitir su existencia, aunque luego se obligaría a olvidarlo, el canónigo fue incapaz de jurar que no la echaba de menos.

SIGURD, EL ELEGIDO

Aunque apenas queda tiempo, aunque se me ha racionado el espacio, tengo que contar la historia, bien y completa, sin que me estorbe la fantasía ni me desanime la fatiga, sin que mi pluma, al hacer de aquellos hechos estas palabras, suplante lo que fue por un bosquejo voluntarioso de lo que ya no podrá ser. Esta vez no valen inexactitudes, porque ahora no me ampara la irresponsabilidad con que erré los adjetivos en los versos que compuse por ocio. Me incumbe, por el contrario, sortear la culpa terrible de incurrir en desfiguraciones al extender para vosotros el inventario de las andanzas de Sigurd, a quien me atrevo a llamar *el elegido*.

Sigurd nació entre las brumas del remoto norte, según le obligaba su estirpe y confirma su nombre, pero los dioses no quisieron para él las limitaciones que quieren para los otros. Aunque su tez era fría y translúcida, Sigurd habría de conocer la furia y la extenuación del Mediodía, los días cálidos y las noches bruscas bajo las que gimen los jazmines.

Como primera dádiva o como primera sustracción, según se mire, Sigurd hubo de recibir el legado de sus antepasados. Aprendió a orientarse en la niebla, a mirar la lluvia y a caminar sobre la nieve. Supo cómo y dónde buscar leña y plantas medicinales, y a qué edades y en qué estaciones se podía explotar la riqueza de los animales de grueso cuero de su tierra natal. Cuando se sintió seguro sobre el continente, fue instruido en las artes que permiten perpetrar contra el terrible dios de los océanos el sacrilegio de la navegación. También recibió la lengua, y en ella las tradiciones de su pueblo, y con una y otras el entendimiento para empezar a descifrar el mundo. El mismo entendimiento que, años más tarde, le hizo capaz de advertir la iniquidad en las tradiciones y las perniciosas insuficiencias de la lengua.

Antes de abandonar a los suyos en pos de un destino más vasto, Sigurd conoció y paladeó el incierto amor de las muchachas. Anheló con temor los dorados cabellos de una virgen huidiza, y cuando al fin ella se acercó a él, rehusó usarla con la suficiencia y la frialdad que exhibían muchos otros. Así la perdió, o fue porque nunca la quiso. Hijo de padres viejos, vio morir a su madre y fue desheredado por su progenitor, a causa de querellas cuya verdadera razón ninguno de los dos llegó a entender nunca. Cuando partió, a Sigurd no le quedaba nada por hacer en su patria, y su patria podía olvidarle como olvidaba a los traidores y a los difuntos.

Como todos los fugitivos jóvenes y sin hogar, Sigurd hubo de elegir entre ser malhechor o soldado. Aunque las extensas llanuras a que llegó al comienzo de su peregrinación fueran menos ásperas que las de su país, y aunque los habitantes hablaran un idioma no muy distinto del suyo, se sabía extranjero y dudó de su soltura para dedicarse al crimen. Se enroló como mercenario y contendió en las guerras de religión. Durante la lucha mató a otros soldados, quemó herejes, y al final se hizo hereje él mismo. Tras abrazar en el fondo de su alma la herejía, siguió obedeciendo durante un tiempo las órdenes de exterminar a quienes ahora eran sus semejantes, y de esta forma comprobó que no es siempre imprescindible que el hombre viva de acuerdo con sus creencias. Después de no pocas zozobras, desertó para unirse a los heterodoxos. Con ellos convivió hasta que un día, mientras avanzaba al mando de un pelotón de iluminados, se sorprendió odiando a todos y renegando de cualquier fe cautiva de los hombres. Al fin logró escapar a territorio neutral. Allí, entre la indiferencia de quienes le rodeaban, consagró sus esfuerzos al desprestigio de la religión, en cuyo nombre había visto proliferar la crueldad y el desastre. Pero pronto comprendió que la utilidad de perdonar no es la absolución del pecador, sino la extinción del pecado, porque el pecado, a partir de cierto instante, sólo subsiste en el rencor del ofendido. Enterró su pasado de soldado y siguió viaje en busca de los tesoros de la vida que no es preciso arrebatar a nadie.

Avanzó con rumbo sur y cruzó países de veranos largos e inviernos súbitos, en los que el idioma no tenía nada que ver con el que había aprendido de niño y sonaba seco y decidido incluso en los labios de las mujeres. Aquella gente le observaba con desinterés, cuando no con una especie de reprobación por su origen y sus experiencias. Por primera vez en su vida, Sigurd se sintió menospreciado; y quiso sobreponerse. Volvió a conocer la ignorancia y el aprendizaje, tropezó y se desvió, padeció la cárcel y durante un tiempo la esclavitud. Vivió un invierno de la compasión de un anciano que además de darle alimento y cobijo le enseñó a leer música, trabar poemas y desconfiar de lo ostensible. A la muerte del anciano, sus hijos le expulsaron, pero Sigurd, que había descubierto el cálculo, maniobró cautelosamente.

Así logró el favor de los poderosos, lo utilizó y llegó él mismo, en tierra extraña, a ser el poderoso a quien se mendigaban los favores. Acechó y consiguió a las arrogantes damas que habían escupido sobre sus harapos, aguardó y recibió sin escrúpulo a las jóvenes impresionables que podían recordarle su adolescencia. Confortado por el éxito, acogió en su espíritu la indolencia y el escepticismo, la ironía y la falta de ambición. Sin administrarse, como si nunca hubiera de rendir cuentas, gustó los placeres excesivos (capitaneó orgías hasta el alba, ingirió y vomitó litros de vino, se precipitó al vértigo del ajedrez). Nada le inquietaba, y podía gobernar el tiempo y elegir a las gentes. Se desembarazó de los aduladores, encontró quien le dijera la verdad. Dio por bien empleadas todas las miserias pasadas, todas las equivocaciones cometidas, todos los extravíos sufridos.

Pero Sigurd no podría ser llamado jamás *el elegido* si su historia hubiera de parar en semejante complacencia. Fue necesario que lo perdiera todo, que creyera por breves temporadas recobrarlo, que volviera a caer en desgracia, una y otra vez. Experimentó la traición, fue vergonzante siervo del antojo de mujeres incomprensibles, y deshizo cuantas familias intentó formar (en total tuvo diez hijos, no contó los nietos, todos renegaron de él). Al cabo, Sigurd se despojó de cuanto había aprendido y poseído, y embarcó una fría mañana de diciembre, sin llevar más que las ropas que le cubrían, rumbo a una isla alejada de las ventajas de la civilización.

Allí ensayó el ascetismo, mortificó su carne, se maltrató el espíritu. Durante dos años anduvo con la razón perdida; corría desnudo por la playa en la estación de las lluvias, era el hazmerreír de los indígenas. Habría podido igualmente morir loco, pero aprovechó una tregua de la demencia y se convirtió en místico. Practicó la magia, la alquimia, la astrología, la plegaria, y al final del camino, casi sin saber cómo, se tropezó con Dios; con el dios que negaba con su mayúscula la jurisdicción de todos los demás dioses. Le contempló, conversaron, y creyó en Él, por encima del borroso recuerdo de la religión que había defendido y desechado en su juventud. Aceptó la omnipotencia de Dios, la certidumbre de su castigo, la excelencia de sus recompensas. Pero Sigurd había nacido orgulloso e indómito, y prefirió honrar a los dioses innumerables de los indios y de Tales de Mileto, a los que son el sol y una piedra, el mar y la antena de una mariposa, la luna y la piel de una muchacha. Desafió a Dios y supo que Dios le vencería, pero no le importó. Comprendió que era viejo y que sólo le quedaban la memoria y el miedo.

Regresó al norte, para morir donde había nacido. Una niña de húmedos ojos azules se enamoró atropelladamente de él y Sigurd hubo de disuadirla, temblando de gratitud. Vivió en paz el resto de sus días, espectador paciente de las brumas en la costa y del fuego en el hogar, resignado a la erosión de las enfermedades y a la pereza del cerebro.

Ahora puedo confesarlo. He escrito esta relación para confiároslo. Yo, Sigurd, el elegido, antes de desaparecer, he desvelado la simetría. Éste es el conocimiento que os transmito: así como a mí se me me ha permitido ser casi todos los hombres, a casi todos los hombres se les permite ser Sigurd.

Ya no tenéis excusa. Todas vuestras renuncias serán castigadas. Sigurd puede, al fin, ser nadie.

EN ARCADIA

En Arcadia, sin dejar de ser, sustancialmente, el discurrir confuso e incompleto que siempre ha sido, la vida poseía, no obstante, cualidades distintas. Por eso pudimos darle aquel nombre, sin alarde y sin compasión. Su superioridad no procedió sólo del enaltecimiento retrospectivo del recuerdo, ni dependió en su totalidad de la expiación que proporciona el despojo. Allí, como excepción irrepetible, nos fue dado percibir la delicia sin desfase, la plenitud sin ausencia. No todo el tiempo, no muchas veces; sí lo suficiente como para que entre Néstor y yo las palabras guardaran, incluso luego, cuando desarmados y maltrechos soñábamos perezosamente destruirnos, una altiva inteligencia que humillaba a los otros, a nosotros mismos que habíamos dejado de ser los que éramos.

Pero entonces teníamos dieciséis, diecisiete años, y estábamos incólumes. Demasiado jóvenes para haber sumado aprendizajes, desconocíamos el arte de la máscara, la prudencia de la renuncia, la técnica de la serenidad. El instinto nos dotaba para pisar la trampa, antes que para la industria de disponerla contra el pie ajeno. Y no éramos bondadosos; apenas habíamos transigido. Por lo demás, sólo sé que las tres o cuatro cosas en que empleábamos el tiempo las hacíamos como los más torpes e ineficaces principiantes. Y que nunca después pudimos ser tan orgullosos como íntimamente nos reconocíamos entonces.

Distinta era la luz. Los días de primavera se deslizaba tibia y henchida hasta el fondo del horizonte, mientras lo contemplábamos en silencio, sentados sobre la tierra, aspirando el aroma sin dulzores de las flores silvestres. En invierno era gris y precisa, incesante como el viento que nos batía el alma con inmaculadas visiones de inclemencia y soledad. La del otoño se anaranjaba de añoranzas intensas, marchitándose sin la deslucida indiferencia con que después habrían de abandonarnos los seres y las cosas y las ganas de ambos. Y en el verano, eterno, la luz oscilaba del coraje del mediodía al templado resplandor nocturno de la luna inmóvil. Así nos veíamos las caras, y en ellas no había cicatrices, ni la barba ennegrecía el arco de nuestra sonrisa ni el desánimo trazaba los surcos irremediables en que más tarde nos tuvimos que identificar. La desdicha era armoniosa y la alegría inconsciente, en el espejo incontaminado de aquellos rostros ungidos por la benevolencia de los astros.

Distintas, también, eran las muchachas. Crueles sólo por nuestra torpeza, esquivas sólo por nuestro indeciso y voluble deseo de ellas. Su belleza era clara e inapelable, porque no habían aprendido a simularla y, como nosotros, ignoraban todo de la vida. Néstor y yo variábamos de una a otra princesa efímera sin que la multiplicidad mermara el sentimiento y sin que la costumbre uniformase las ensoñaciones que nos inspiraban. Parasitábamos con nuestras ansias pesimistas a aquellas ninfas modeladas en carne y piel de dieciséis años, en las que todo era nuevo y duro, inexplorado y agreste. No tenían mañas para acogernos ni para rechazarnos. Algunas eran, quizá, imbéciles; las que no, administraban una sabiduría despreciativa que en vano buscaríamos, años después, en mujeres razonablemente temerosas de su falta de misterio. Ocioso es decir que apenas conseguimos nada tangible de aquellas muchachas, que nos inculcaron la primacía absoluta y salvaje de lo joven para el resto decadente de nuestras existencias. Protagonizamos numerosas y ridículas escenas de fracaso y contadas, resbaladizas ocasiones de conquista. Ah, si las hubiésemos tocado. No hacerlo valió más que mancillar otros cuerpos calculadores y vacilantes que vinieron más tarde a reemplazarlas. Si hubieran temblado, ellas, entre nuestros brazos incrédulos. Néstor solía opinar que evitándolo preservaron el hechizo. Yo también, pero a veces pienso que guardaban algo indestructible, algo que quizá alguien siguió guardando en alguna parte. Néstor era más puro. No volvió a esperarlas.

Y sobre todas las demás cosas, en Arcadia era de otro modo el tiempo. Recuerdo que Néstor, que siempre anduvo provisto de una mayor capacidad para presentir lo que todavía no nos amenazaba, tenía este asunto por su obsesión principal, y que yo, demasiado propenso por inseguridad personal a conceder sin aspavientos ciertas seguridades aparentes, tomaba poco en serio esta obsesión. Entonces el tiempo era largo y múltiple, despacioso y desahogado. Dilapidábamos tardes infinitas en nuestra ocupación favorita, caminar y tumbarnos, conversar y prolongar tranquilos silencios. Nuestro tiempo mantenía, indestructibles, unas cualidades que nos exoneraban de planearlo y de medirlo, de racionarlo y de conocerlo. Descansábamos distraídos sobre su superficie, dibujando sin conciencia paisajes minuciosos, inútiles, repletos de una hermosura antojadiza. Nos aburríamos, sin rabia, porque también en el tiempo cabían nuestros proyectos, y su ejecución, y su terminación y hasta la tristeza morosa de haberlos concluido. Era factible retrasar la acción para entretenerse en el asedio, incluso despreciar la acción para caer en el preferente amor del asedio. Sin dificultades, sin comprenderlo, veíamos la pluralidad de posibilidades que precedían cada realización, y permanecíamos allí, en aquel mundo superior al empobrecido de las concreciones y los cadáveres. Así descubrimos que debíamos ser artistas y así empezamos a serlo y a sentar los cimientos de nuestra desesperación posterior. Porque el instinto del arte perduró más allá de aquel tiempo que le era propicio, y se internó zozobrante en ese otro tiempo, corto, angosto y precario de la vida. Ese tiempo en el que el aburrimiento es un ultraje, porque no existen otras compensaciones; en el que las decisiones, los desenlaces y hasta la melancolía son inmediatos y exiguos; en el que la belleza es furtiva y frágil y todo resulta pasado antes de iniciarse. Ese tiempo en el que dos horas de conversación son una frustración necesariamente premeditada con mes y medio de adelanto, en el que la lógica binaria elige rutinaria e inexorable entre el cero y el uno. Ese tiempo en el que ya no estoy porque la vida, al fin, me dejó en una cuneta, aliviándome de servirlo y autorizándome este recuerdo.

Las más de las veces fue así, solos él y yo. Pero hubo alguien que se introdujo, transitoria e involuntariamente, en nuestro por lo común impenetrable dúo. La recuerdo ahora como un fantasma delicado y desvaído, como lo eran sus rizos rubios, su talle y sus brazos escuálidos. Inés tenía treinta y dos años y empezaba a envejecer dentro de su cuerpo de niña y en las inflexiones de su voz musical. Impartía dulcemente clases de Literatura en el Instituto en que Néstor y yo nos conocimos, y no es posible desestimar que tuviera alguna responsabilidad sobre nuestra afición y vocación posterior respecto al laborioso arte de la palabra. Yo la amaba —o amaba su voz, su tenue y quebradiza belleza— y Néstor lo sabía. Néstor la amó, y no quiso decírmelo, otorgándome el derecho exclusivo de ostentarla como musa en nuestras charlas y en nuestro creciente mundo mutuo.

Probablemente nada habría cambiado esta disposición de las cosas si no hubiera ocurrido aquel desafortunado incidente. En una conversación de la que Néstor estaba ausente, cierto individuo, al que yo no conocía y no volví a ver, afirmó con toda despreocupación que Inés le había revelado que sentía una mórbida atracción hacia mi amigo. Esta pequeñez me hirió indeciblemente, y lo peor fue tener que guardar aquel secreto, soportar el remordimiento de ocultar a Néstor algo que entonces no adivinaba yo que pudiera interesarle por él mismo, pero que afectaba a nuestro territorio común y que sólo por un mezquino resquemor me callaba.

Al final, no tuve más remedio que descubrírselo. Habían pasado dos años y ya no estábamos en el Instituto, sino perdiendo tiempo y residuos de ilusión en la Universidad. Entonces Néstor me contó aquella parte de la historia que yo había ignorado, y me pidió autorización para intentar algo con ella. Lo intentó y falló, porque a aquellas alturas no podía ser de otro modo y quizá era precisamente lo que buscaba, porque tampoco era el momento de creer en los propios deseos o porque ya no había en realidad deseos en los que creer. También yo, pero sin pretensiones, sin proposición alguna, en una pobre tentativa de elevarme por encima de él, que le había insinuado una petición, le envié a ella una carta refiriéndole en pasado mi enamoramiento, del que nada le había dejado entrever nunca. Así nuestra dulce profesora de Literatura debió atesorar para el resto de sus días un recuerdo inconveniente y desagradable de los dos, y nuestra amistad pudo edificarse también sobre aquel episodio comprometido de haber ansiado lo mismo con ánimo excluyente. En lo que a mí respecta, Inés pervivió hermosa y con aquella fragancia de lirio en el penúltimo día, limpia de sus pecados y de los míos, triunfante sobre mi primitivo y turbio resentimiento.

Pero yo estaba contando o tratando de contar lo que fueron aquellos años de juventud, antes de que sonara la hora final. Yo quería contar lo que hubo en aquellas tardes, en la laxitud del verano y el frío del invierno, el modo en que infructuosamente algunos nos difamaron o nos imitaron, y nos envidiaron sin adivinar nunca el secreto de aquella nuestra unidad inquebrantable. Quería describir los lugares, el lacio encanto de la primera muchacha que le destruyó, los personajes de nuestros primeros relatos, casi compartidos. Perseguía evocar los triunfos, aquella satisfacción de estar matando el rato juntos por encima del universo, cuando tirados en un banco del Retiro o del Jardín Botánico jurábamos que nada podía derribarnos.

Ahora estoy cansado y no he escrito nada que pueda ganar la memoria de nadie. Casi no he dicho que le quería, que sólo por él aquellos años fueron algo frente a la constante amenaza de la nada y el tedio. Tengo la impresión de haber escondido todo lo que tuvimos o, lo que es peor, de haberlo perdido y porfiar abrazado a una minúscula sombra. En la hora del consuelo puedo esgrimir que pese a los trastornos, las distancias físicas y el mismo olvido, nunca nos separamos. Atravesamos desiertos, nos corrompimos y corrompimos a otros, nos hicimos viejos y acaso desleales a todo lo que habíamos defendido. Pero fui yo quien cerró sus ojos, quien derramó sus cenizas junto al árbol bajo el que siempre nos habíamos sentado y quien vio alejarse por el paseo, paulatinamente diminuta entre los árboles, a la viuda taciturna que dejó para que le llorase el mundo.

Si fue poco para Arcadia, que no quiso sobrevivir en nosotros, hubo de ser todo para sus huérfanos, que nunca reunimos la ingratitud ni la necedad precisas para acostumbrarnos a su falta.

EL PRECIO DE SU RECUERDO

El hombre era viejo y había sido alto. Llevaba una gabardina manchada y una corbata negra anudada con torpeza o descuido.

—¿No puede dar más? —insistió.

—Créame, le doy más de lo que podré sacar por ella a nada que se me tuerza la suerte —aclaré—. Aunque nadie lo crea, esto intenta ser un negocio.

Por su rostro atravesó una nube de tristeza. Colocó las manos a ambos lados de su mercancía y la defendió:

—Pero si es una maleta magnífica. De piel. ¿Se ha fijado en los cierres? Primera calidad.

—Eso no lo discuto. Sólo pasa que las cosas antiguas valen a condición de que no estén muy usadas, y si lo están, sólo cuando pueden restaurarse. Debió ser una buena maleta, y bonita, también. Pero ahora está demasiado estropeada.

De pronto, se rió.

—Usted no lo entiende —dijo—. La compré en Southampton, un día de viento. Estaba alegre y gasté en ella el sueldo de tres meses. Ha soportado todo lo que yo he soportado, del Trópico a Groenlandia. No he tenido nada mejor en la vida. ¿Cuánto dice que me da?

—Lo de antes. Trescientas, y me voy a arrepentir.

—Trescientas y su arrepentimiento. Sacaré más en cualquier otra parte.

—No pretendo regatear. No la quiero. Era por hacerle el favor, si es que anda apretado.

El hombre acarició el lomo de la maleta y paseó sobre ella sus afiebrados ojos azules. Tenía las manos largas y grandes, cada una como dos de las mías. Sus dedos se mantenían firmes y también, ahora, la raya recta de sus labios.

—No negaré que en la actualidad sufro algún apuro económico —admitió, con orgullo—. No me gusta vestir ropa vieja y sucia, y si lo hago es ciertamente porque no dispongo de otra. Sin embargo, le ruego que no confunda. He sido un hombre de mundo y he tenido más de un oficio. Entre otras cosas, durante algún tiempo fui comerciante. He comprado y vendido artículos de valor. Ahora sólo poseo un objeto valioso: esta maleta. No estoy aquí para pedirle limosna, sino para cerrar sobre ella el mejor trato posible.

Se interrumpió y estuvo un rato contemplándome, con impudicia. Lentamente, afirmó:

—Pero usted parece un hombre honrado. Y quizá lo sea, después de todo.

—Eso es un juicio. Tiene todo el derecho a hacer el que mejor le parezca. Ése o el contrario.

—Estamos en diciembre. Si ha visto a un viejo mal vestido que le traía su maleta y ha ofrecido trescientas, será que no vale más.

—Pruebe en otra parte, si quiere. No soy quién para descartar que otro le calcule con más optimismo, o que simplemente dé con alguien a quien la maleta le guste.

El hombre sacudió la cabeza.

—Confío en usted. Sólo trataba de forzarle a mejorar el precio. Por si no era su última oferta. Creía que estaba ajustando una transacción, pero usted me está teniendo piedad —abatió los párpados para impedir que yo hablara—. No lo censuraré; ni siquiera me quejo. Lo que no está bien es tratar de forzar su piedad. Si dijo trescientas es que son trescientas.

Saqué los billetes de la caja. Aunque no sirviera para nada, escogí tres que no estuvieran muy gastados. Los puse sobre la maleta, uno detrás de otro. El hombre los tomó y los dobló en cuatro, a lo largo. Luego los guardó en un bolsillo interior de la gabardina y me tendió la mano.

—Si algún día lo necesita, espero que habrá alguien para tenerle piedad, como usted a mí.

—Puede que la venda, a pesar de todo —rectifiqué, por la conciencia—. Alguien que quiera algo resistente, para el trabajo. No se cuidará de que la piel esté más o menos rozada.

—Claro. Adiós.

Una vez que él salió a la calle y se mezcló con los transeúntes, giré la maleta e hice saltar los cierres. Entonces advertí que el forro interior no sólo estaba deteriorado, sino también desprendido. Cuando lo retiré, apareció ante mis ojos un pequeño sobre marrón, cerrado con una cinta elástica demasiado grande o dada de sí. Fui a la puerta y me esforcé por distinguirle entre la gente que avanzaba por las aceras. No tardé en aceptar que había desaparecido y regresé al calor de mi tienda.

Vacilé un instante, pero seguramente no iba a volver a verle. Quité la cinta elástica y la solapa se despegó del dorso del sobre. Dentro había una cuartilla manuscrita y algunas fotografías. Todas de él, de treinta, cuarenta, acaso más años atrás. En una aparecía con el torso desnudo, en la playa, sonriendo. En otra con traje de marino sobre un fondo de estudio. En otra sobre la popa de un barco. Detrás de él se veía una isla con palmeras, que podía estar o no en los mares del sur. En la última fotografía era muy joven y estaba abrazado a una mujer tan joven como él. Parecía haber sido hecha en un parque. La mujer tenía un gesto audaz y el cuerpo pequeño. Al lado de él, parecía una niña, casi.

La cuartilla manuscrita era una carta. La letra y el nombre que había abajo eran femeninos y llevaba una fecha próxima a la que le podía imaginar a la fotografía en el parque. Decía:

Te acabo de echar otra carta pero sólo he puesto bobadas y me olvidaba de decirte que hace sólo cuatro días que te fuiste y ya me pasa que estoy como muerta. Por la noche duermo como un animal y no sueño, y por el día echo horas mirando por la ventana. Sólo hay una forma de resucitarme y esa forma sólo la sabes tú. Te juro que eres lo mejor que hay en el mundo, lo más lindo y lo único. Y yo estoy tonta por ti y lo pienso estar siempre.

Apenas terminé de leer, el reloj dio las doce y media. Quise entender y deduje que el hombre había guardado la carta cuarenta años porque a todos puede hacernos falta leer en algún momento que somos lo único del mundo. Sobre todo si lo escribió otra mano, por ejemplo una briosa y desenvuelta como la que había dibujado en tinta azul aquellas palabras. Las fotografías también eran comprensibles. A cualquiera, aunque no lo confiese, le importa su propio recuerdo. Lo que no entendí fue que el hombre se hubiera dejado el sobre dentro de la maleta.

Todas las mañanas a las doce y media, cuando es invierno, cierro un rato la tienda y voy a un sitio que queda a un par de manzanas a tomar un café caliente. Aquel día llegué con un poco de retraso. Pedí mi café y mientras esperaba reparé en su presencia. El hombre que me había vendido la maleta estaba sentado en un rincón, solo, viendo cómo lloviznaba tras los cristales. Declaro aquí que hice el plan de tomar el café e irme antes de que él me descubriera, para no tener que hablarle. Pero me acerqué a su mesa.

—Disculpe.

Se volvió despacio. No miré más abajo de su cara, pero olí a coñac. El hombre empleó un segundo en reconocerme. No dijo nada.

—Perdone si interrumpo —repetí—. He venido a tomar un café y le he visto de repente. Resulta que se ha dejado un sobre en la maleta.

—Un sobre —murmuró.

—De haber sabido que estaba aquí se lo habría traído. Si quiere se viene ahora conmigo y se lo devuelvo.

—¿Por qué?

—Cómo que por qué. Se lo ha dejado, en la maleta.

—No me lo he dejado. Es suyo. Usted me pagó. Trescientas. —Hizo una pausa y agregó, casi con la sonrisa del joven de la fotografía en la playa—: Y su arrepentimiento.

No estuve seguro de haberle oído bien.

—Yo le compré la maleta —recordé—. Después, cuando la reviso, me doy cuenta de que se ha dejado dentro un sobre. Sólo he pagado una maleta. El sobre es suyo.

—Se equivoca. Cuando uno vende la maleta es que ya no le importa lo que solía llevar dentro. Usted es ahora el dueño de la maleta, y de lo que haya dentro, también.

—Apenas quiero la maleta. En cuanto a sus papeles, me sirven todavía menos. Si usted no viene por ellos, agarro y los tiro.

—Me cuidaré mucho de insinuarle lo que tiene que hacer —se desentendió, como si yo le estuviera suplicando algo.

—Debería recapacitar. Ha guardado esas fotografías durante años. Hoy a lo mejor me las regala porque le pudre alguna cosa. Pero me apuesto que mañana lo va a lamentar.

—¿Ha abierto el sobre? —me interrogó, con una curiosidad remota.

—Le busqué antes de hacerlo.

—Da lo mismo. A mí tampoco me sirve lo que hay en el sobre. Por eso se lo he vendido.

Me detuve un momento a organizar aquello en mi cabeza, antes de que él me siguiera desorientando.

—Ya veo que lo planeó todo. La maleta era lo de menos. Me ha engañado usted, y ahora se divierte —concluí.

—Vuelve a equivocarse. La maleta sí me servía. Se lo dije: me sirvió siempre y me sirvió bien.

No soy un entrometido. En otra circunstancia habría dado media vuelta y me habría marchado antes de que él arrancara a contarme cosas de su vida. Debió ofuscarme la sensación de que se estaba burlando y tuve ganas de cazarle. Fui yo quien le provocó:

—¿Lo hizo por rabia hacia la mujer?

El hombre se abandonó otra vez a su meditabunda sonrisa. Contestó como si hubiera estado esperando que le preguntara:

—Cuando la mujer desapareció era todavía una muchacha. Hace ya demasiado tiempo de todo. Entonces usted estaba apenas naciendo. Pero si le interesa, ella fue la única que no echó a perder lo que compartíamos. Nunca sentí rabia hacia ella. Es tarde para empezar ahora.

—Así que es por usted, la rabia. Por algo que fue o que no ha sido.

El hombre se encogió de hombros.

—Si se refiere al de las fotografías, él nunca hizo nada de lo que deba avergonzarme. Tampoco dejó nada importante por hacer. Usted no se imagina. En aquella época el frío sólo me tensaba los músculos.

—Me refiero a usted —dije, y temí haber ido demasiado lejos.

—Le vendí la maleta, las fotografías de él, la carta de la chica —recapituló, con firmeza—. De mí no le he vendido nada, pero voy a regalarle algo. Ponga que esto lo explica todo: ellos dos no merecen que los lleve conmigo al sitio donde voy.

Ahí mismo le odié, a él que me despreciaba en un rincón de un café de cualquier parte, cansado y harapiento. O tal vez a él, que había sujetado por la cintura a aquella mujer pequeña bajo los árboles. Se me ocurrió que posiblemente la había traicionado mil veces, bajo los palmerales de los mares del sur o de otros mares. Quise arrojarle mi odio y para humillarme me salió una protesta débil y estúpida:

—No puede obligarme a que me los apropie. Cargue con ellos o con la culpa de olvidarse.

El hombre me observó con lástima. Ensanchando la sonrisa hasta llenarse la cara, bajo sus ojos azules que no reían nunca, proclamó una extraña victoria:

—Es usted quien no puede obligarme a mí a recobrarlos. He tenido mucho gusto en volver a verle.

Regresó a lo que ocurría en la calle, detrás del cristal. Si me lo hubiera gritado en medio de la gente, no habría sabido mejor que me pedía que me largase de allí. Él se había conformado con mi dinero y yo no podía poner reparo a su maleta ni a nada que tuviera dentro. Había tenido oportunidad de examinarla a placer antes de pagarle.

Entonces miré la mesa. Sobre ella estaba el vaso de coñac, del que apenas había tomado un sorbo. Junto al vaso había tres billetes de cien, doblados en cuatro y a lo largo. El precio en que yo, sin dudarlo ni escucharle, había tasado y le había comprado su recuerdo.

NADA QUE PERDER

Casi lo primero que me dijo el hombre que me entrevistó para entrar en el Banco fue que mi predecesor en el puesto estaba en la cárcel, acusado del asesinato de una niña de quince años. No sé si con eso trataba de poner a prueba mi capacidad de reacción, o si más bien pretendía hacerme alguna sugerencia acerca de los comportamientos que al Banco le interesaba evitar en el futuro entre sus empleados. Posiblemente hubiera algo de ambas cosas, ya que una de las condiciones que regía el proceso de selección era que para el reemplazo sólo se consideraban candidatos femeninos. Alguien había debido calcular que no había nada que temer de una mujer, o al menos, que no había que temer que le diera por asesinar a niñas de quince años.

Aquella tarde, mientras aguardaba en el aparcamiento la aparición de Alberto Salazar, mi memoria eligió detenerse en esa entrevista, ocurrida diez meses antes. Y no voy a pretender que lo hizo inevitablemente, porque muy bien podía haber recordado cualquier otro suceso. Sin embargo, no fue del todo una casualidad. El departamento de selección iba a volver a tener trabajo pronto. Entre otras cosas, lo que aquella tarde me proponía no era sino volver a dejar vacante el puesto de subdirector adjunto de *project financing*, de una forma que quizá había de defraudar las expectativas de mansedumbre que habían movido a mis superiores a buscarle al anterior un sustituto sin testículos.

Alberto Salazar era un director entero, o sea, sin *sub* y sin *adjunto*, y con testículos. Gobernaba sobre toda la división de banca corporativa y era por tanto mi gran jefe. Era, también, un hombre de trato y aspecto desaliñado, aunque no consintiera anudarse al pescuezo una corbata que costara menos de tres mil duros. En el Banco circulaban las más diversas conjeturas acerca de los resortes que le permitían sobrevivir a pesar de su acreditada incompetencia como profesional y su más bien caótica gestión. El funcionamiento regular de la división se basaba ante todo en su pereza, que le impedía supervisar, y por tanto arruinar, más de dos o tres proyectos al mismo tiempo. En circunstancias normales, mi relación con él, teniendo en cuenta los tres grados que nos separaban, habría sido nula. Yo habría podido trabajar sin mayores impedimentos bajo las órdenes de mi jefe inmediato, un tipo austero y eficaz que hacía ya tiempo que había aprendido la manera de no encontrarse casi nunca con Alberto. Pero por una serie de desgraciados avatares, las circunstancias no habían sido normales. Así era como aquella tarde yo estaba en el aparcamiento, esperando, mientras elegía acordarme de la entrevista en la que se me había informado que el puesto al que optaba había sido ocupado antes por un asesino de niñas.

Alberto Salazar bajó a eso de las siete y media, su hora acostumbrada. Arriba sus subordinados tenían aún por delante varias horas de trabajo, pero él ya había cumplido. Sólo cuando era necesario hacer algún tipo de representación ante el Director General, se sustraía Alberto a los placeres de su vida de sociedad, que casi siempre le requería estar a las ocho en alguna parte. Viéndole avanzar hacia su vehículo, con su pasito un poco cochinero, silbando y con un hombro caído hacia un lado, le odié todo lo que una mujer pueda odiar a un hombre. Pese a la distancia, creí sentir su olor repugnante. Abrió el Jaguar con el mando a distancia y lo rodeó con detenimiento. Tras despojarse de la chaqueta, ocupó el asiento del conductor.

Yo ya había puesto el contacto y arranqué el motor en el preciso instante en que él cerraba la portezuela. Mientras Alberto se ponía el cinturón de seguridad y se atusaba el pelo ante el espejo concebido para otros usos, fui calentando el corazón de mi máquina con breves y repetidas pisadas de acelerador. Estaba a unos treinta metros, en línea recta. Yo tenía mi plaza en un lateral y él la suya al otro extremo de la fila perpendicular a la mía, justo antes del lateral opuesto. Cuando el Jaguar empezó a salir, lentamente, metí la velocidad, solté el embrague, hundí el pie derecho con toda mi alma y puse las luces largas.

Supongo que no invertí más de tres o cuatro segundos en recorrer aquel trecho. Mientras los neumáticos chirriaban y el motor rugía, tuve no obstante tiempo para pensar; pude pisar el freno, arrepentirme, asustarme. Lo único que hice fue apretar el pie contra el acelerador y repetir entre dientes, una y otra vez: *al infierno*. El golpe fue lo bastante fuerte como para hacer saltar el *airbag*, que me dio en plena cara y me dejó medio aturdida. Pero por lo demás, no sufrí ningún daño. En cuanto me repuse, me desabroché el cinturón y abrí la puerta. Antes de salir cogí la barra y el bolso, donde llevaba todo lo que iba a necesitar.

El coche de Alberto había quedado aprisionado entre el mío y los dos primeros del lateral adyacente. Aunque la carrocería estaba preparada para resistir los impactos laterales, no lo estaba tanto como le hubiera hecho falta para entorpecer mis propósitos. La puerta del copiloto había quedado completamente hundida y la ventanilla se había astillado. Utilicé la barra para terminar de romperla y entonces divisé a Alberto, bastante atontado por el golpe. A primera vista, no estaba herido de gravedad, pero balbuceaba palabras incoherentes.

—Hola, Alberto —le saludé.

—¿Qué ha pasado? —preguntó con ansiedad.

—Que se te acabó la suerte. Siempre se acaba. Aunque no lo pensaras, también a ti tenía que tocarte.

—Ayúdame a salir —pidió, todavía más ansioso.

—No creo que pueda. Tu Jaguar ha quedado hecho un asco. Habrá que llamar a los bomberos.

—Sácame —gritó.

—Si fuera a sacarte no te habría metido, imbécil.

Alberto no estaba preparado para que yo lo insultase. Se quedó con la boca abierta, y ni siquiera reparó en el hilillo de sangre que descendía desde su sien y empezaba a manchar el fino algodón blanco de su camisa.

—¿Qué...? —balbuceó.

—Supongo que creíste que iba a hacer como los otros, acobardarme y darte gusto —le atajé, porque no me interesaba nada de lo que pudiera preguntarme—. Supongo que creíste que te ibas a reír de mí hasta que se te partiera el hígado.

—Estás nerviosa, niña, no sabes lo que dices —trató de rehacerse, mientras forcejeaba con el mecanismo de apertura de la puerta. No funcionaba, pero tampoco habría podido salir si lo hubiera hecho.

—Hay vidas raras, Alberto —opiné, sin prisa—. Por ejemplo la tuya. Tantos años oliendo a colonia, llevando la ropa bien planchada y pisando moqueta para acabar así, atrapado en una chatarra como una sardina en lata. Quién iba a imaginarlo.

—Aparta el coche y avisa a alguien, joder —gritó. Acababa de pasarse la mano por la cara y la visión de su propia sangre le había infundido un súbito y ostensible terror.

—No voy a apartar el coche, Alberto. Se acabó, todo, el gimnasio, el pádel, los caballos, el Jaguar. Eres cero, un hueco. Tus enemigos ya te están olvidando.

—Llama a alguien —berreó—. Estás loca, zorra de mierda. Cuando salga de aquí voy a joderte para siempre.

—Así no vas a conseguir nada —dije, sacando el Zippo. Nunca había tenido antes un Zippo. Lo había comprado para la ocasión esa misma tarde. Había sido agradable llenarlo de gasolina. De pequeña siempre bajaba la ventanilla del coche de mi padre en las gasolineras, para olerla. Levanté la caperuza del encendedor y aquel dulce aroma llegó en un segundo a mi nariz. Entonces hice saltar la chispa y la llama se hizo. Se la enseñé a Alberto, para que entendiera de una vez. La llama era azul y tenía una crestita amarilla. Se quedó mudo, mientras la miraba.

—Obsérvala, Alberto. Tan chica, y va a borrarte del mundo.

En ese instante hizo el último intento. Se desabrochó el cinturón, se desencajó del asiento y gateó hacia la ventanilla del copiloto, que yo había echado abajo. El hueco era lo suficientemente grande como para permitir el paso de su cuerpo, pero antes de que pudiera demostrarlo, según asomaba el hocico, le di con la barra. Cayó hacia el interior, sin ruido.

Después fui hasta la parte de atrás del coche y me arrodillé junto a la rueda que estaba del lado del depósito. Dejé el Zippo encendido pegando al neumático y me retiré unos pasos. Al cabo de pocos segundos, la llama subió por la goma. Me quedé un poco más, para asegurarme. Cuando comenzó a salir humo tiré la barra y retrocedí rápidamente. Alcanzada una distancia prudencial, di media vuelta y eché a andar hacia los ascensores, sin mirar ni una sola vez atrás.

Antes de que pudiera contar hasta diez, llegó el estampido. Ahí sí me volví, lo justo para ver el Jaguar envuelto en llamas. Como el techo del aparcamiento era tan bajo, el fuego que lo lamía se extendía hacia los lados y casi parecía que volvía a caer. Pensé que Alberto se estaba tostando allí dentro y mi corazón se llenó de paz.

En los ascensores salieron a mi encuentro varios hombres, empleados de seguridad y de mantenimiento del edificio. Los que no habían oído nada, aquella otra tarde de la que no me quería acordar. Por un momento se preocuparon por mi integridad física, pero en seguida les hice ver que no había de qué preocuparse. Sonriendo, admití (y repito ahora, aceptando todas las consecuencias de mi acto):

—No ha sido un accidente. Se lo merecía y alguien tenía que hacerlo. Alguien que no tuviera nada que perder.

Ése, precisamente, fue el error de Alberto. Todas sus víctimas anteriores habían tenido algo que perder. Después de tantos años de experiencia, se daba maña para escogerlas. Conmigo, sin embargo, le falló el olfato. Hace tiempo, no tanto como para que no me acuerde, hubo otra, distinta, que solía llevar mi nombre y daba parecido en el espejo, por la mañana. A esa otra Alberto podría haberla enredado en su chantaje. Ahora, como la tarde en que le asé con su Jaguar, tengo treinta y un años y no hay nada que puedan quitarme que vaya a echar de menos.

EL SABOR DEL AIRE

Conocí al hombre en un burdel de Marrakech. Si alguien espera que le dé aquí cuenta de mis costumbres y de por qué las tengo, es decir, que le explique qué hacía yo aquella noche de jueves en aquel lugar, va listo. Digamos que allí estaba y que allí le conocí, y punto.

Coincidimos en la sala de espera, mientras aguardábamos a que vinieran las chicas. Aquella casa tenía una bien merecida fama. Material de lo más variado, y siempre de primera calidad. Había, sobre todo, un buen surtido de frutos de la tierra, aunque en los últimos tiempos, y contra mis preferencias personales, la abundancia de clientes extranjeros había movido al dueño a completar el repertorio con un cierto número de francesas, alemanas y europeas del Este. Por si de repente a alguien le entraba la nostalgia y deseaba sensaciones más familiares, o una clase diferente de exotismo. Todas estaban bien pagadas, alimentadas y vestidas, y en consecuencia todas se hallaban allí de buen grado. Esto último resulta fundamental, por no decir imprescindible, para sacar adelante un prostíbulo decoroso. Sólo los degenerados y la chusma se avienen a yacer con prisioneras. Y uno acaba siempre teniendo la clase de clientela que su producto merece. Es una ley infalible, que se cumple en cualquier actividad comercial.

Mi compañero de espera, sin duda, respondía al perfil del cliente de Chez Abdelkrim (o «La casa del siervo del Generoso», que es como podría traducirse el nombre de aquel modélico establecimiento). Era un hombre que pasaba de los sesenta, pero bien conservado. Nada de desmoronamientos físicos ostensibles, ningún rastro fisonómico de indisciplina moral o de costumbres. Se mantenía erguido, estaba limpio y su indumentaria era la de un caballero, elegante sin ostentación. Tenía el cabello bien cortado y cepillado, entrecano, algo más blanco ya que de su color original, una especie de castaño oscuro. Olía bien, a una colonia que evocaba hierbas aromáticas, tenue. Siempre me fijo en ese detalle. La gente que se permite oler a cualquier cosa inadmisible, ya sea a sudor o a colonia de chulo barato, es gente que se ha perdido el respeto a sí misma y que por tanto está naturalmente incapacitada para tenérselo a los demás. Es gente a la que conviene evitar, y en circunstancias excepcionales, abatir.

El olor de aquel hombre, sin embargo, me inspiró en seguida confianza. Hasta tal punto que, transcurridos los primeros y forzados momentos de silencio, consideré oportuno dirigirme a él. Eludí, naturalmente, todas las frases estúpidas que nunca deben pronunciarse en un lugar como aquél, y que sin embargo son las que con desdichada frecuencia uno tiene ocasión de escuchar. Ya saben, frases del estilo de: «¿Viene usted muy a menudo por aquí?».

—Diríase que este año el Ramadán está haciendo sus efectos —dije.

El hombre me dedicó una reflexiva mirada. Tenía los ojos pequeños, de un gris acerado, profundamente tristes y sin embargo penetrantes.

—Cierto —respondió, sin dejar que el espacio entre mis palabras y las suyas se prolongara un segundo más, ni menos, de lo que la urbanidad prescribía—. Normalmente, debería verse esto más concurrido.

—A lo mejor asistimos a un resurgir de la fe —supuse—. Las prédicas de los fundamentalistas deben de estar haciendo mella en la población.

Aquí el hombre me observó con una reprobación apenas perceptible. Bien encubierta, con estilo, pero no tanto que yo no pudiera advertirla. Mi oficio consiste en unas cuantas tareas de menor cuantía y una sola de verdadera trascendencia: tratar de calar en los deseos y los pensamientos de las personas.

—Yo diría que la fe no es una cuestión de fundamentalismo, sino de supervivencia —declaró, con una amable lejanía.

Aquello era un desafío, o una prueba, o las dos cosas. Cuando en el curso de una conversación casual, de circunstancias, uno de los interlocutores decide de pronto apuntar a una cuestión profunda y se descuelga con una afirmación sobre la existencia como la que el hombre acababa de soltar, el otro debe constatar que las reglas del juego acaban de sufrir una alteración, que se le invita a un territorio muy diferente, y decidir si le merece la pena o no emprender el viaje. Por lo común, en esas situaciones, rehúyo el esfuerzo. Nadie posee material de verdadero valor acerca de los problemas esenciales de la vida, y quien se entrega a escuchar las meditaciones vitales de los demás tan sólo suele cosechar un manojo de lugares comunes, lecciones mejor o peor aprendidas de maestros más o menos incompetentes y algunos balbuceos personales que raramente tienen alguna gracia y casi siempre carecen de la mínima coherencia necesaria para servir a nadie más que a su propietario. Pero hay veces en que uno, aun a sabiendas de que el ejercicio no puede ofrecer demasiado fruto, siente el antojo de probar. Depende del contrincante, naturalmente, y aquel hombre, no sé por qué, me parecía un oponente prometedor. Así que acepté el reto:

—Perdone, pero no sé si le he entendido.

Una sonrisa condescendiente asomó a su semblante.

—Digo que la fe es una cuestión de supervivencia —repitió—. Que sin fe no se puede vivir. O quizá le diría más: que sin fe no se debe vivir.

Asentí, sin prisa, meditando lo que iba a responder. Cuando uno entra en harina, hay que jugar en serio. Si no, más vale quedarse fuera.

—Ya veo —dije—. Si no le entiendo mal, el hecho de no tener la afición de prosternarme cinco veces al día de cara a La Meca, ni tampoco la de acudir los domingos a comer una galleta de manos de un tipo con sotana, por poner un par de ejemplos, me coloca en la penosa obligación de pegarme un tiro.

Mi interlocutor bajó prudentemente la mirada.

—Es usted un hombre joven —repuso, sin alterarse—. Y acaso también un hombre al que hasta ahora le ha favorecido la suerte. Disculpe la impertinencia de arrastrarle a esta conversación tan inadecuada.

Debo reconocer que en ese momento me desarmó. Completa y absolutamente, como hacía mucho tiempo que no me desarmaba nadie. No sólo por inutilizar con su suave disculpa mi briosa estocada, aunque ése es el tipo de cosas que más detesto, que me dejen en escorzo haciendo el ridículo de golpear al aire. Lo que más me hirió fue que con su cautelosa maniobra me provocaba todavía más que con su observación anterior acerca de la fe. Me expulsaba a un limbo vergonzoso, el que habitaban todos los que desconocían, o no conocían tanto como él, el misterio de la adversidad. Eso era tanto como despertar en mí el deseo irrefrenable de acceder a su experiencia de tal misterio, y de paso me abocaba a doblegarme para poder abrigar la más mínima esperanza de satisfacer mis apetencias. No sé qué era lo que yo perseguía hasta entonces, pero lo que a partir de aquel momento quise, por encima de todo, fue averiguar qué le permitía a aquel hombre humillarme con aquella dulzura. Y comprendí que no podría conseguir mi objetivo por la fuerza, sino con una claudicación convincente.

—La suerte siempre es algo más bien relativo —argumenté, procurando resultar torpe tanto en el fondo como en la forma—. Mal puedo contradecirle, sin saber cuánto y cómo le ha maltratado a usted. E intuyo que me interesaría mucho oírlo, pero imagino que mi juventud le parece una tara irremediable.

Se rió, comedidamente. Había entendido. Había visto la bandera blanca y, como un general triunfador, ahora debía decidir si despachaba a un subalterno a tomar posesión del fuerte (es decir, si me largaba alguna evasiva) o si se avenía a estrechar mi mano tras recoger de ella mi sable inútil. Estaba claro que yo lo sujetaba por la hoja y le tendía a él la empuñadura. Predisponiéndome con ello a su favor, tomó el camino de los vencedores generosos:

—Su juventud es su privilegio y mi envidia, naturalmente. Cualquier otra apreciación por mi parte le serviría a usted para extenderme un certificado inmediato de incapacidad mental. Pero no puedo creer que le apetezca sacar de esta velada el relato de las amarguras de un viejo. No es éste lugar al que suela acudirse para salir cargado con esa deslucida mercancía.

—Toda mercancía que uno adquiere queda deslucida al instante por ese solo hecho —aprecié, cediendo por un momento a la tentación de resultar ingenioso—. Sin embargo, nunca se puede poseer el dolor. Me fascina todo lo que hace sufrir a los seres humanos, porque es lo único que los engrandece. Esas amarguras que estima en tan poco, o pretende, para despistarme, estimar en tan poco, empiezo a atisbar que para mí resultarían muy valiosas. El placer, en cambio, sólo produce la especie menos indeseable del hastío. Da igual lo que me trajera aquí hoy. Consideraría un inmenso honor que me confiase su historia.

Para qué iba a andarme con rodeos ni con pamplinas.

Ante aquel hombre se me habían caído de un solo golpe todas las máscaras y había sentido sonar una de esas raras, arbitrarias y preciosas horas de la verdad.

—Ahora sólo falta que me pida perdón —opinó, irónico.

—Le pido perdón, por haber intentado exhibirme sin saber ante quién.

—Dicen que los jóvenes ya no respetan a nadie. Veo que no es cierto. Hasta respetan antes de poder saber si hay algo que merezca respetarse.

—No me subestime —protesté—. A pesar de mi edad, aunque por cierto he rebasado ya la cuarentena, he aprendido a distinguir el tejido de las personas entre el rumor de sus palabras. Así que apuesto sobre seguro.

El hombre meneó la cabeza.

—No sé si le entiendo bien. ¿Tanto le interesa meterse en las pesadumbres ajenas? ¿Espera quizá algo truculento, escalofriante? Se lo digo porque en ese caso me veré en la necesidad de defraudarle, salvo que le mienta.

—No aspire a entenderme —traté de disuadirle—. Soy un hombre extraño, puede que no esté en mis cabales, puede que ni siquiera lo desee. Lo único que deseo es no tener una vida demasiado llena de momentos anodinos.

—Eso es una enfermedad —advirtió, gravemente.

—No se lo niego. Vamos. ¿O necesita que le suplique?

En ese momento, aparecieron las chicas. Su irrupción resultó seguramente oportuna. Al menos, a él pareció aliviarle, y a mí me dejó tiempo para pensar. Las chicas representaron para nosotros el ritual familiar que, por no ser el objeto principal de esta narración, me permitiré omitir, y una vez cumplimentado ese trámite, mi compañero de espera y yo nos vimos cada uno acompañado por una gratificante presencia femenina. Yo elegí a Leila, una antigua conocida en quien podía confiar casi sin restricciones, y él a una tal Yvonne, una rubia vagamente centroeuropea. Me decepcionó su elección, preciso es que lo reconozca, pero todo hombre necesita un espacio de debilidad y éste suele estar asociado a sus preferencias sensuales. Nunca debe descalificarse a nadie por eso.

—Bien. Ha sido un placer conocerle y compartir la broma —dijo.

—No era ninguna broma —advertí.

—Lo sé. Era por si había cambiado de opinión.

—No suelo cambiar de opinión.

—Sería descortés aburrir a estas damas —alegó.

—Es descortés juzgarlas de ese modo.

Leila e Yvonne nos observaban con una exquisita mezcla de despreocupación y curiosidad. Su oficio, del que eran profesionales expertas, exigía no asombrarse nunca mucho de nada y no parecer nunca completamente indiferentes a nada. Quizá por eso, en Chez Abdelkrim he conocido a una buena parte de las pocas personas sabias que se han cruzado en mi camino. El asombro es la divisa de los ignorantes y la indiferencia el orgullo de los idiotas.

El hombre se colocó distraídamente la corbata. Sabía que era un acto innecesario, la prenda estaba perfectamente en su sitio.

—Creo que sólo puedo consentir con ciertas condiciones —dijo.

—Póngalas. Las acepto.

—Sólo le contaré una parte, la más reciente. A cambio usted me contará, por adelantado, las cinco cosas más desgraciadas que le hayan sucedido en su vida. Y será sincero, porque si no lo es, me daré cuenta.

—Lo sé. Trato hecho.

Meneó la cabeza, sorprendido.

—Vende barato su infortunio. Y rápido.

—No. Compro sin reparar en gastos, cuando me interesa el género.

—Eso sólo podrá juzgarlo después —bromeó.

Pedimos que nos dispusieran uno de los salones más discretos y allí nos instalamos con Leila e Yvonne. Estaban pagadas para toda la noche, que es lo que exige el buen gusto, y no tratar a una mujer como una jornalera pagándole el tiempo estrictamente imprescindible, así que se avinieron de buena gana a oficiar como testigos de nuestro trato inusual. Era difícil que una mujer como ellas viera algo que no hubiera visto antes, y el torneo de dos hombres intercambiando sus desdichas pareció interesarlas. Encargamos las bebidas, té para Leila, que era buena musulmana, vodka para Yvonne, que era atea, y *dry martini* para nosotros dos. Él lo pidió primero, y yo le seguí. Es bueno tener algo potente en el estómago para descender a las mazmorras de la memoria.

Cumplí mi parte del trato. Sin ningún ánimo de competir, porque ya sabía que no iba a poder batirle. Esas cosas uno las nota desde el principio. Todo lo que intenté fue persuadirle de mi sinceridad. Expuse ante él, y ante Leila e

Yvonne, que me escucharon en un reverente silencio, todos los contratiempos más o menos severos que la existencia me había deparado, y el modo en que eso me había minado la moral o me la había deshecho, dependiendo de los casos. Rehuí cualquier tinte melodramático, fui sucinto y a la vez exhaustivo. No voy a repetir aquí nada de lo que dije, porque no es ni el lugar ni el momento. Pero anotaré que tan pronto como terminé debí hacer una constatación ominosa: no podía aducir ningún impedimento serio a la inercia de seguir viviendo. Lo leí en los ojos de él, eso ya lo esperaba, pero también en el rostro de Leila, cuya sonrisa mientras acariciaba el dorso de mi mano, una vez concluida mi relación, me hizo sentir tan insignificante como nunca antes me había sentido.

—Le agradezco muy de veras que haya tenido la deferencia de contarme todo esto —dijo el hombre, cuidando la solemnidad de su discurso—. Ahora me siento no sólo autorizado, sino obligado a contarle mi caso. No es un caso excepcional, no lo es más que el de cualquier persona que se haya quedado sin tiempo ni sitio para seguir escondiéndose, y por ello le ruego que no le conceda la menor importancia. Se lo ofrezco porque me comprometí a hacerlo, y porque para mí sí que es importante. No vale mucho una gota de aceite, salvo para el mosquito que queda atrapado en ella. Yo soy el mosquito, y ésta es mi gota de aceite.

Sentí celos. Al verlas, a las dos, a Leila y a Yvonne, escucharle, antes de entrar en materia, con la unción con que a mí no me habían escuchado ni siquiera al final de mi relato. Era un sentimiento irracional, pero inevitable. No podemos consentir que otros seduzcan más que nosotros. Y menos a dos mujeres bellas, una con el bronce del sol en la piel y la otra con el azul del cielo en la mirada. Él reinaba sobre ellas, y estaba hecho a aquella sensación. Se dejó ir por la cuesta abajo de su historia con esa maestría sencilla e irresistible del que es consciente de todos los matices de su poder sobre los demás.

—Antes, cuando estábamos en la sala de espera —comenzó—, le dije una cosa pretenciosa, por la que me disculpará. Le dije que sin fe no se debía vivir. No se lo propongo como regla. Es mi experiencia, simplemente. Hace tres meses que perdí la fe, y desde entonces siento que usurpo todas las cosas que tengo. Usurpo ahora su atención, usurpo la mirada y el silencio de estas dos damas encantadoras, usurpo esta ropa, la comida que cada día digiere mi estómago.

Tomó aliento. Parecía faltarle, no era una simulación en busca de simpatía. Sabía que no tenía que hacer ningún esfuerzo para conquistarnos.

—Hay otra cosa que voy a decirle, y que le ruego que tampoco interprete más que como lo que es, una convicción personal. De hecho, no quisiera creer que nadie deba andar por la vida con semejante convicción, porque el mundo sería un lugar mucho más desagradable de lo que ya es. Pero nada me ha causado más tormento que unir mi suerte a la de otra persona. Hay momentos en los que la maldigo por eso, por atraerme, por rendirme, y por no haber resultado ella ser alguien a quien la suerte estuviera dispuesta a favorecer. Las desgracias de uno no son las más temibles, porque en todas hay algo de expiación, y la expiación duele y desahoga a partes iguales. Las desgracias más horrendas son las que destruyen ante nuestros ojos a las personas de quienes dependemos.

Si en ese momento Leila o Yvonne se hubieran vuelto hacia mí, no habría tenido más remedio que taparme la cara con las manos para ocultar mi sonrojo. Mi inventario de presuntas desgracias se ajustaba sin excepciones a un patrón: se trataba de dolencias, desaires y frustraciones que me incumbían a mí y sólo a mí. Con ello demostraba algo que en el pasado me habría enorgullecido, y que frente a aquel hombre, en cambio, me avergonzaba profundamente: había llegado a desasirme de todas las personas que habían cruzado por mi vida, hasta el extremo de permanecer insensible, en el fondo, a todas sus calamidades. Pero el hombre apenas me dio tregua para profundizar en mi bochorno.

—En fin, le dije que sólo le contaría la parte más reciente. Y eso es lo que haré. La parte más reciente de mi desventura, la que me ha derribado para siempre, se llamaba Anna. Un nombre tan breve, cuatro letras para encerrar demasiados significados. Era más joven que yo, más joven que usted, pero ya no era una niña. Al contrario, llamaba la atención de ella lo poco niña que era. En todas sus palabras y en todos sus actos había una madurez como nunca había conocido en ninguna otra mujer. Una madurez limpia, sin resentimiento, que la salvaba de la vacuidad adolescente sin hacerla caer en la sordidez de la comadre. No le voy a aburrir con una historia de amor, que ya sé que sólo interesan al protagonista, si es que yo protagonicé algo. Le diré sólo que después de un par de meses mi vida empezó a girar a su alrededor, que se mudó a mi casa y que pronto calculé que todas las mañanas que me quedaban las alumbraría ella. Era alegre, lista, generosa. Le sacaba muchos años, así que nunca temí que pudiera tener que enterrarla. Si algo temí, fue que se cansara de soportarme. Pero ella me quería de veras, me decía que yo era lo que necesitaba, y al cabo de algún tiempo, sin presunción ninguna, llegué a convencerme de que así era y dejé de temer.

Leila e Yvonne contenían el aliento. Yo también. Mi sensación era que la historia caminaba hacia un final previsible, incluso demasiado previsible, pero que lo que importaba no era el desenlace, ni siquiera los acontecimientos (¿había contado alguno, en realidad?), sino otra cosa que sus palabras contenían y no alcanzaba a entender. Leila e Yvonne no sé qué sensación tenían, sólo puedo decir que fuera la qué fuese, las mantenía tan suspendidas como a mí.

—La muerte puede escoger formas piadosas —prosiguió—. Es su privilegio. Y también puede golpear con la mayor atrocidad. También es su privilegio. Tantos siglos de cultura, tanta palabrería de políticos, filósofos y demás charlatanes, nos han hecho creer que tenemos derecho a muchas cosas. Pero no tenemos derecho a nada: en cualquier momento y de cualquier forma podemos ser abolidos. Ése es el verbo. Abolir. Anna fue abolida, no se me ocurre mejor manera de expresarlo. Tal vez espera usted que ahora sea cuando le proporcione los detalles, y abrigue la esperanza de que en ellos se encuentre la justa contraprestación a lo que antes me contó usted. Pues si es así, se equivoca. Los detalles forman parte de lo único que puedo ya guardarle a Anna: la intimidad de su sufrimiento. No me pertenecen a mí, ni aun si me pertenecieran se los daría; ni por todo el oro del mundo ni por todas las miserias de su alma. Lo que le he vendido, y estoy dispuesto a darle, son los detalles de mi sufrimiento.

Estuve a punto de pedirle que no siguiera. De pronto, me pareció vil e inmoral dejar que me lo contara, cobrarle por mi historia ínfima, intercambiable e irrisoria, aquel precio sublime que él estaba dispuesto a pagar.

—Lo peor —dijo, con voz firme, como si me leyera el pensamiento— no fue presentir la soledad, ni siquiera verla desmoronarse, aunque eso fue todo lo malo que puede imaginar si alguna vez ha querido a alguien.

Leila, cruelmente, me miró de reojo.

—Lo peor —continuó— fue escuchar una y otra vez cómo me pedía que no me quedase anclado en ella, porque yo todavía era joven y la vida podía depararme algo más que ser su viudo. Ver cómo se aguantaba el dolor y me decía, sonriendo, que sabía que me gustaban otras mujeres, y que no aprobaba que prolongase más allá de su muerte aquella monogamia que practicaba con ella. Era tan insufrible ver cómo se daba por desaparecida, cómo anteponía mi miserable futuro a su propia consunción… Pero fue entonces cuando Anna quiso mostrarme algo que yo no había visto antes. Algo casi inhumano. Al ver que yo rechazaba sus sugerencias, no se contentó con tratar de persuadirme por la palabra. Sin más contemplaciones, me abandonó. Desapareció de casa, de la noche a la mañana. La busqué como loco, por toda la ciudad. No por ésta, sino por la ciudad donde vivíamos. Fueron unas semanas espantosas, hasta que di con su pista. A la sazón, y en medio de mi arrebato, me creí un hábil detective. Hoy lo que creo es que ella se encargó de facilitármela. La pista traía hasta aquí.

—¿Hasta Marrakech? —pregunté, reprimiendo el temblor de mi voz.

—Hasta Chez Abdelkrim. Se prostituía en esta casa —declaró, faltándoles por primera y última vez al respeto a Leila e Yvonne—. La enfermedad había transmutado su belleza, y había quienes la encontraban tortuosamente atractiva. La última vez que la vi fue en esa sala de espera. Salió con el resto de las chicas, y aunque la escogí ella se negó a acompañarme a una habitación. Tampoco quiso volver conmigo. Todo lo que pude arrancar de sus labios fue: «Ahora ya sabes donde habitará mi fantasma». Murió dos semanas después. La enterraron al sur, en el desierto, en un lugar que no me costó demasiado encontrar.

A mí sí que me costó, en ese preciso momento, no derrumbarme. Recordaba que hacía algo menos de cuatro meses había venido una noche a Chez Abdelkrim, y que en lugar de elegir a Leila o a alguna otra de mis amigas marroquíes, me había dado el capricho de coger a una chica nueva, de treinta y tantos años, rubia y extrañamente turbadora. Recordaba, también, haber preguntado por ella algunas semanas después, extrañado por su ausencia, y que la administradora me había contado que la pobre chica padecía una grave enfermedad y había muerto. Me acordaba, por último, de la rapidez con que había archivado en el cuarto oscuro de mi memoria aquel suceso macabro.

—Así, a primera impresión, puede parecer una tragedia un poco aparatosa, lo reconozco —dijo el hombre, como si se excusara—. Pero es una historia sencilla. Ella se fue, yo la echo de menos, aunque ella se esforzó por evitarlo, y ya no tengo ganas de vivir. Pasa a menudo. Cometió algunos excesos, y me dolieron, no voy a negarlo, pero Anna no era responsable de lo que hacía. Estaba desesperada y sólo buscaba la mejor forma de ayudarme. Por eso he estado viniendo aquí una vez por semana, sin rencor, a reencontrarme con su fantasma. El rito me aliviaba, al principio, pero ahora está empezando a dejar de aliviarme, porque cada mujer me la recuerda y a la vez me la hace añorar. En realidad, no sé si volveré a venir, porque hace poco he descubierto un rito mejor.

—¿Cuál? —preguntó Yvonne. Eran las primeras palabras que pronunciaba, y supuse que no habrían salido de sus labios si no hubiera anunciado el hombre que a partir de aquella noche podía dejar de ser cliente de la casa.

—Voy a su tumba, en el desierto —dijo el hombre, sin oponer la menor resistencia—. No la miro, no le pongo flores. Cierro los ojos y aspiro el aire que sopla por allí. No sabe a nada, el aire, es lo más parecido a la nada misma, y a la vez lo es todo. Si dejásemos de respirarlo, moriríamos en seguida. Piénselo: si hemos de reducirnos a la más pura esencia, sólo somos aire. Después de que ella se marchara, yo he quedado reducido a mi esencia, que es la suya. Quizá todo esto le parecen tonterías. Pero el hecho es que aspiro el aire sobre su tumba y siento que ese sabor a nada es el sabor de todo lo que me queda para ayudarme a vivir. He intentado creer en otras cosas, pero no lo he conseguido. Ya sólo creo en el sabor del aire del desierto donde ella está enterrada.

La última parte estaba destinada a mí, no a Yvonne. Pero hizo una pausa, por si me cabía alguna duda, y mirándome a los ojos, agregó:

—Espero que ahora entienda lo demás. Siempre resulta un poco engorroso tener que explicar todos los detalles.

Dicho esto, el hombre se puso en pie y le tendió la mano a Yvonne, que en el único fallo que la vi cometer como profesional aquella noche, se permitió dudar un segundo antes de cogerla. Salieron sin despedirse, y no se lo reprocho, porque yo no había hecho nada para merecer su atención.

Dos semanas después me contaron que el hombre se había pegado un tiro sobre la tumba de su mujer. Viajé al lugar, por curiosidad, e hice la prueba. Cerré los ojos y aspiré el aire. Sabía a nada, es decir, a ellos.

UNA CONQUISTA

Todas las mañanas pasaba junto a la parada, lánguidamente recostada en la trasera de un magnífico Mercedes azul cobalto, mientras yo esperaba bajo inclemencias variables —el viento, el frío, la lluvia— la siempre tardía aparición del autobús. En sucesivas inspecciones del interior del vehículo establecí el censo inmutable de sus ocupantes: un hombre de mediana edad, atildado, conduciendo, un joven desabrido, en el asiento de al lado, y ella atrás. Abandonándome a una imaginación difícil de detener en aquellos instantes monótonos, colegí que quien conducía era su padre, acaudalado por el ejercicio de alguna profesión liberal; que el joven era su hermano, maleducado gracias a una sobreprotección estándar; y que ella era una ociosa e indolente niña mimada que pasaba las mañanas tomando apuntes en una facultad cualquiera y las tardes gastando alegremente en tiendas exclusivas. Era guapa, o muy guapa, rubia con o sin artificio —eso importaba poco—, y flotaba sin especial intensidad entre los dieciocho y los veinte. Siempre parecía tener sueño y desconocer que, al otro lado del cristal del automóvil de su padre, había desgraciados que intercambiaban sus transpiraciones y halitosis en la forzada y estrecha intimidad del autobús atestado.

Sin embargo, como a los dos meses de verla pasar todos los días, a las ocho y cinco, algo cambió en su actitud. Sin motivo aparente, y sin que pudiera sospechar qué era exactamente lo que atraía su atención, el rostro hasta entonces siempre abstraído en el techo del Mercedes empezó a discurrir, en su breve trayecto expuesto a mi contemplación, vuelto francamente en la dirección en que yo me encontraba. Ningún edificio había sido erigido o derribado tras la parada del autobús, no habían levantado la calle, ni los exasperados viajeros se habían decidido a protagonizar justificados tumultos diarios por los retrasos que padecía el transporte público. Simplemente ella miraba. Por más que dejaba desbocarse mi imaginación, aquello no acerté a explicármelo, hasta una mañana en que no tuve más remedio y, por otra parte, tampoco ningún mérito. Apareció a las ocho, sola, conduciendo un pequeño deportivo amarillo. Redujo la velocidad poco antes de llegar a la altura de la parada y pasó junto a ella a diez por hora, clavándome sin piedad sus impolutos ojos azules. Veinte metros más allá se detuvo. En aquella época, como en otras varias de mi vida, yo era singularmente proclive a abrazar cualquier idea descabellada que me fuera sugerida. Me separé de mis semejantes y caminé sin apresurarme hasta el coche amarillo. Apenas llegué, la puerta se abrió con suavidad. Sin preguntar nada, entré y cerré tras de mí. De cerca era aún más ofensiva y descuidadamente hermosa, y así hube de admitirlo, pese a su bronceado y maquillaje convencionales, mientras me anunciaba con una voz más bien provocativa:

—Me llamo Mónica.

—Yo Burt —repuse al azar, y ella no se rió; sólo metió la primera y lanzó el deportivo como un cohete, quemando los neumáticos contra el asfalto.

Fuimos a su casa, de la que descubrí que el Palacio de Oriente era una maqueta, y que a la sazón estaba desierta por ausencias de negocios o de placer de los demás miembros de la familia y por el día libre del servicio. Las riquezas materiales nunca me han impresionado, ni cuando las poseí ni cuando carecía de ellas, pero fue verdaderamente exquisito verla nadar larga y armoniosa en las aguas iluminadas de la piscina cubierta, contar luego los *gintonics* que empalmaba sin pestañear ante el infinito mar verde del jardín y, finalmente, recibir la invitación de su cuerpo inapelable tendido en la inmensidad blanca del lecho conyugal de sus progenitores. Yo no entendí al principio por qué esto último no podía ocurrir antes de las once, según impuso, pero luego lo pude inferir sagazmente. A las once y un minuto, cuando yo me disponía a aceptar sin mayores miramientos aquel primor que se me ofrecía, un individuo corpulento, de uno noventa de estatura, irrumpió en la alcoba.

—No es lo que piensas, Borja —alegó Mónica, fríamente, sin pretender convencerlo.

Borja no resultó muy adicto al hábito de pensar. Me machacó allí mismo, empleando una lograda mezcla de artes marciales, aunque creo que lo que me dejó KO fue un golpe de *taekwondo*. Me desperté en un vertedero de los suburbios, con la cara ensangrentada, el cuerpo molido y el DNI en la boca, despedazado a tijera en trozos muy pequeñitos.

Durante varios meses más la vi pasar frente a la parada, siempre a las ocho y cinco, ausente y somnolienta en el asiento trasero del impecable Mercedes azul. Nunca volvió a mirarme. Y yo no le guardé rencor; ni por eso ni por lo demás, naturalmente.

UN INGENIERO PARA JALIMA

Íñigo hacía el trayecto todos los días. Desde Argüelles hasta Legazpi. En Legazpi, final de línea, hacía transbordo para ir a Méndez Álvaro, una sola estación. Allí estaba su oficina, en uno de los edificios que formaban una especie de excéntrico barrio de negocios. No tenía el *glamour* de la Castellana, y bien que lo había notado por el modo en que su madre había fruncido la nariz al decirle dónde iba a trabajar. Pero Íñigo era ingeniero de Telecomunicaciones y le ofrecían hacer lo que le gustaba. Con sólo veinticinco años, responsable de redes para toda la zona centro. No iba a decir que no porque a su madre, de Argüelles de toda la vida, le pareciera que la ubicación de la oficina dejaba algo que desear.

A Íñigo no le gustaba conducir. O mejor, no le gustaban los atascos. ¿Por qué iba a tardar una hora en llegar a la oficina, si con el metro se plantaba allí en la mitad de tiempo? Pero había algo más. Bajo tierra, Madrid era una ciudad distinta. Muchos, sobre todo muchos de los que Íñigo solía ver arriba, no bajaban nunca. Y eran otros, los que Íñigo tenía menos ocasión de ver en la superficie, los que predominaban allí. A muchos les molestaba ver el metro lleno de negros, indios, chinos y moros. A él, en cambio, le distraía. Íñigo, por lo demás, no tenía una opinión formada sobre la inmigración. No pertenecía a ninguna ONG, ni iba a manifestaciones. Era de derechas, porque identificaba a la izquierda con la URSS y a la derecha con la prosperidad económica que había permitido el desarrollo tecnológico y la sociedad de la información. Aunque no lo razonaba así. Sólo era lo que pensaba vagamente cada cuatro años, cuando tocaba votar. Nunca leía los programas electorales.

A Íñigo le gustaban las chicas. Mucho, o quizá demasiado. A veces, sobre todo en el verano, reparaba en que no tenía otra cosa en la cabeza. Las miraba con hambre, con ganas de besarlas a todas. Bueno, a todas no. Pero sí a muchas más de las que podían considerarse estrictamente bellas. Íñigo no buscaba ante todo belleza, sino dulzura. Las chicas eran la dulzura de la vida, hecha carne que se exponía a sus ojos.

La mezcla que había en el metro hacía que las chicas fueran más variadas. En el colegio y en la universidad había acabado harto de ver tantas chicas idénticas. Todas vestidas igual, todas con el pelo teñido del mismo color en cuanto les dejaban. Todas, además, perdiendo a edades cada vez más tempranas esa dulzura que era la esencia de las chicas.

En los tres meses que llevaba cogiendo aquella línea, había visto a muchas chicas interesantes. Se había quedado prendado de orientales, africanas, sudamericanas. Pero las que prefería sobre todas eran las magrebíes. La gente solía pensar que eran feas, porque no las observaban bien. Porque no les buscaban la mirada decidida y profunda. Íñigo sí, aunque a veces se viera forzado a apartar los ojos, azorado.

Ella subía en Lavapiés. Todos los días. Andando el tiempo, Íñigo fue capaz de calcular la hora y el vagón que les harían coincidir. La chica viajaba hasta Legazpi y allí cogía la línea 6 en sentido contrario al que tomaba Íñigo. Hasta esa bifurcación empezó a seguirla, todas las mañanas, y aprendió a saborear cada día la tristeza de verla irse.

Ella, Íñigo no lo sabía entonces, se llamaba Jalima. Había venido sola, tres años atrás, desde Midar, un pueblo más o menos grande en el corazón del Rif. Jalima era bereber por los cuatro costados, lo que explicaba acaso la bravura que había necesitado para escapar de su casa y cruzar el Estrecho en una patera llena de hombres. También eran bereberes sus ojos verdosos y su cabello rebelde. Resultaba alta y solemne y aparentaba algún año más de los veintiuno que había visto transcurrir.

Jalima llevaba siempre un caftán de color vivo, la cabeza y el rostro descubiertos. No parecía importarle que los europeos la mirasen más por ir vestida así. No pareció importarle, las muchas veces en que sus ojos se cruzaron con los de Íñigo, durante aquellas semanas. Le sostenía la mirada hasta que Íñigo abandonaba, pero en aquella pugna no había hostilidad. Era, simplemente, la costumbre de resistir. Jalima había tenido que sufrir muchas cosas de los hombres, en su pueblo y después.

Un día, Jalima no trajo el caftán. Apareció metida en unos tejanos claros, con una blusa escotada y liviana que dejaba que se viera lo que había debajo como nunca antes lo había visto Íñigo. El joven ingeniero perdió la cabeza. Durante todo el trayecto que compartían, notó que el corazón le bombeaba como si fuera a salírsele del pecho. Y más abajo, el bombeo sanguíneo provocaba otros percances. Para colmo, en una de las ocasiones en que ella le cazó la mirada, Íñigo creyó advertir algo en el borde de sus comisuras y en la chispa de sus ojos. Una sonrisa.

Siendo un muchacho, Íñigo se había distinguido por su arrojo. Había saltado en paracaídas y volado en ala delta. ¿Por qué iba a arredrarse ahora? Pero no llegó ni a construir este pensamiento. Sin poderlo evitar, en la bifurcación en la que todos los días se separaban, la llamó:

—Espera.

Y sucedió que Jalima se detuvo, y se volvió, y dejó que él se viera pequeño e inmenso a la vez en el espejo de sus ojos verdes. Torpe, ansioso, inapelable, Íñigo le propuso una cita. Un lugar y una hora. Ella no dijo ni que sí ni que no. Él dijo que la esperaría, de todos modos. Y sucedió que cuando fue a esperarla, aquella misma tarde, ella ya estaba allí.

Jalima nunca supo por qué aceptó acudir a aquella cita. Por qué se arregló como nunca se había arreglado y dejó que aquel joven ingeniero le contara su vida y quisiera saber de la suya y por qué después de comparar una y otra y comprender que nunca podrían cuadrar consintió en abrirle su alma y sus labios. Acaso había soñado durante muchos años, en su pueblo de las montañas del Rif, que un ingeniero tan dulce y tan ingenuo como aquél le ofrecía su vida y la salvaba de la miseria y de la seca codicia de los hombres que siempre había conocido.

Íñigo supo, en cambio, por qué se rendía ante aquella mujer. Porque la vida sabía y olía en sus brazos, porque el misterio latía en el fondo de sus ojos y en su boca encontraba la dulzura cuya ansia le consumía. Íñigo, que había gastado todo su raciocinio en los algoritmos y ecuaciones que soportaban sus redes de telecomunicación, encaraba el resto de la existencia como algo que simplemente debía ser mordido. Y así se arrojó sobre Jalima, sin calcular ni por un segundo las consecuencias.

Cuando la madre de Íñigo, aquella noche, supo que a su hijo lo habían matado de varios navajazos en una calle del barrio de Lavapiés, sintió ratificados todos los temores que la habían asaltado al saber que su retoño iba a trabajar fuera del perímetro *bien* de Madrid. No se detuvo a pensar que la oficina de Íñigo quedaba demasiado lejos de aquella calle, y desde luego borró en seguida de su memoria la estrambótica historia que le contaron los policías. Según le dijeron, diversos testigos aseguraban haber visto a su hijo en cariñosa actitud con una muchacha magrebí a la que los agresores, unos *skins*, habrían increpado, dando lugar a la pelea que había desembocado en el homicidio. Quién iba a creer a la gentuza que vivía en ese barrio. La desgracia se había fijado en ella, llevándosele al hijo, eso era todo y estaba claro quiénes traían la desgracia.

Y así siguió viviendo, convencida de su razón certificada por los hechos; sin llegar a sospechar jamás que en la vida de su hijo no había habido un instante de felicidad superior a aquel en el que había realizado, aunque fuera tan fugazmente, el sueño de Jalima, su amada bereber.

LAS DOS PRINCESAS

A veces, Erika tenía la sensación de haberse equivocado al elegir su trabajo. Parece inevitable que la idea le atraviese a uno por el cerebro cuando se encuentra a mitad de la jornada, un día cualquiera, y se sorprende implorando que el trago pase cuanto antes. Justamente eso era lo que le sucedía aquel mediodía, mientras afilaba las uñas de aquella perra vanidosa y estúpida en la climatizada y serena atmósfera del salón de belleza.

Pero ya se sabe que no hay mal que no pueda agravarse: mientras rumiaba para sí estos pensamientos, Erika cometió un error de ángulo y rozó con la lima la piel de la clienta.

—Coño, Aruca, o como te llames, ¿se puede saber dónde tienes la cabeza? —protestó, instantánea y despectivamente, aquella mujer cuya muerte, ruina o incapacidad absoluta había aprendido a desear, con creciente intensidad, semana a semana—. Mira, chica, no me gusta hacer estas cosas, porque sé que para vosotras es una putada y podéis acabar perdiendo el empleo, pero si no andas un poco más atenta, la próxima vez que llame para pedir hora tendré que especificar que no te quiero a ti.

La clienta, que atendía por el nombre de Geni Barandiarán (en el DNI, María Eugenia Barandiarán y González de la Masilla), subrayó su amenaza con una mirada a la par condescendiente y penetrante. Según dedujo Erika, tal mirada servía para hacerle comprender a ella, a quien como representante de la clase subalterna había que presumir carente o escasa del conocimiento necesario para captarlo de otro modo, el matiz filantrópico que latía en la actitud de la joven, bella y decepcionada patricia.

—Lo siento, señora —murmuró Erika, tragándose las ganas de apuñalarla con la lima—. No volverá a ocurrir.

—Vamos, Geni, no te pongas pedorra —intervino, desde el sillón contiguo, otra joven y hermosa ungida por los dioses, de nombre Estefanía y apellido Vinuesa, a quien todos llamaban Fanny y que resultaba ser amiga de la impertinente. Al menos, siempre iban juntas, y no sólo al salón de belleza, sino, según le constaba a Erika, a otros muchos sitios: desde el gimnasio hasta las fiestas más exclusivas de la *jet* madrileña, pasando por todas esas tiendas de Serrano y Ortega y Gasset en las que no cabe cerrar una transacción por menos de 500 euros. Y no llegaba Erika a comprenderlo, porque Fanny era tan encantadora e ingeniosa como despótica y necia su compañera de andanzas.

—Si es que no se lo toman con interés —se ratificó Geni—. Y luego lloriquearán cuando no les renueven el contrato.

—Bueno, cielo —insistió Fanny, con una deliciosa sonrisa—. No me seas tan borde, que no cuesta nada tomarse la vida con un poco más de dulzura. La chica no ha querido hacerte daño, eso es lo que deberías pensar. Y tampoco estaría de más que imaginaras cómo te sentaría que te amenazaran con romper tu contrato. Porque todos dependemos de algún contrato.

—¿Cómo dices? —saltó Geni, descolocada.

Erika tuvo que reaccionar deprisa para evitar que el respingo de su clienta produjera un nuevo accidente y le cayera un chorreo suplementario. Siguió sujetando la mano de Geni sin apenas hacer fuerza y apartó la lima. De reojo vio el lindo rostro de Fanny relajado en un gesto de beatitud, con los ojos cerrados, mientras ante ella, eficaz y silenciosa, maniobraba Bea, la compañera de Erika que le estaba haciendo la pedicura.

—Sabes perfectamente a qué me refiero —dijo Fanny, con un leve fruncimiento de nariz que delataba su ironía y su coquetería irreprimible—. Imagina que un buen día Suso te pone a ti de patitas en la calle y les corta de golpe a tu Visa y a tu Master y a tu American y a tu 4B el cordón umbilical con el banco.

Por el rostro de Geni atravesó una sombra de horror. Pero se las arregló para transmutarla en seguida en una especie de suficiencia indignada, y replicó a su amiga:

—Oye, que yo sé ganarme la vida, y lo he demostrado.

—Ya, ya, ya —concedió Fanny—. Pero por favor no me lo cuentes. Y pregúntate si con aquello con lo que te ganabas la vida podrías tener la colección de Manolos, el Porsche Cayenne, los brillantes, los criados, la casa de Córcega, el barco, y en fin, lo que ya sabes que cuesta más, las portadas, las recepciones, la envidia.

Geni pareció herida. Y reaccionó de la única forma en que ante una herida sabe reaccionar una imbécil:

—Bueno, oye, que lo mismo podríamos decir de ti.

Fanny no se inmutó.

—Claro, querida —concedió—. La diferencia es que yo lo asumo, y lo tengo muy presente. Y no se me ocurre recordar que trabajé durante cuatro años en Wall Street, con los insaciables Salomon Brothers, porque si tuviera que volver a hacerlo, y aunque me pagaran 600.000 dólares al año en lugar de los 300.000 que ganaba entonces, me pegaría un tiro en la sien o me arrojaría al Hudson. Como tú, prefiero ser una muñequita consentida, y por eso me preocupo de tener contento a mi panzudito.

A Erika, Fanny le resultaba desconcertante. Una mujer inteligente, sutil, capaz, que sin embargo se avenía a ir todo el día de la mano de aquella Barbie descerebrada, y que a los veintiocho años consentía en quedar reducida, durante el resto de su vida, al papel de vistoso adorno y trofeo del orondo y petulante banquero Roge Barahona, un cincuentón encantado de haberse conocido, en honor a la verdad no del todo desagradable, pero tampoco lo que se diría el ideal de hombre de alguien que pudiera elegir. Que Geni Barandiarán fuera el juguete del fatuo y ambicioso constructor Suso Fortea, no sólo era comprensible, sino acaso la meta más alta a la que podía aspirar. Pero Fanny tenía condiciones para ser mucho más que eso. Y el enigma, el porqué o el para qué oculto, se le resistía a Erika, y por momentos la picaba. Porque algo se le escapaba, no le cabía duda.

—Vamos, Geni, tesoro, tampoco nos hagamos mala sangre, que no nos podemos quejar —agregó Fanny—. A fin de cuentas, hemos hecho el mejor negocio del mundo. Cuando se ponen muy fogosos, qué nos cae. ¿Un par de polvos por semana? Y rapiditos. Además, a todo puede sacársele gusto, si se pone voluntad. Luego les aguantas con una sonrisita solícita el blablablá de sus ideales que por supuesto *no* han traicionado, sino sólo adaptado a las circunstancias, la murga de lo listos que son y lo tontos y acojonados que son los demás, y el discursito de lo jóvenes que se sienten por dentro. Les das la sensación de que estás de acuerdo en todo, a veces te enfurruñas un poco, para que no se relajen, y el resto del tiempo puedes hacer lo que te salga de los ovarios. No me digas que ésta no es la liberación femenina, y no el mal rollo que tratan de vender esas brujas estreñidas que envejecen a toda prisa entre sus rencores y contradicciones.

A Erika se le levantaron las cejas. A veces no sabía si Fanny hablaba en serio o si buscaba provocar, y llegaba a ocurrírsele la idea calenturienta de que era precisamente a ella a quien trataba de desorientar con aquellas aseveraciones temerarias.

—Anda, Fanny, no te pongas desagradable —protestó Geni, afectando un desinterés y una indiferencia que a Erika no le resultaron demasiado auténticos—. Que hoy no estoy de humor para disfrutar de tu feísmo mental, ya me perdonarás.

—¿Mi feísmo mental? —repitió Fanny, con una expresión luminosa—. Ay, criatura, a veces eres deliciosa, te lo juro. Feísmo mental. Me encanta. Tendrías que patentarlo.

—¿Qué, te estás riendo de mí? —dudó Geni.

—En absoluto. Si no existieras, tendría que inventarte. Qué sería la vida sin ti. Te quiero, cielo.

Las dos princesas afortunadas cerraron los ojos, mientras las fámulas continuaban con su tarea. La mirada de Bea se cruzó con la de Erika y después ascendió hasta el techo.

Fue media hora después, en la sauna, cuando Erika vio algo que iba a explicárselo todo, o casi todo. Entró a dejar toallas secas, y observando estrictamente las reglas de la casa, tuvo la precaución de golpear la puerta antes. Pero ellas no debieron de oírla. El caso es que cuando abrió la puerta divisó a Geni sentada a horcajadas sobre las piernas de Fanny, que a su vez la asía por las caderas mientras la besaba a la altura del esternón. Fanny tenía los ojos cerrados y Geni estaba de espaldas; aprovechándolo, Erika prefirió volver a cerrar con mucho cuidado, tras depositar las toallas en el banco más próximo al umbral.

Diez días después, la agencia de detectives privados para la que trabajaba Erika le entregaba a Roge Barahona un informe en el que se afirmaba que después de un meticuloso seguimiento, prolongado durante dos meses, estaban en condiciones de asegurar que Fanny Vinuesa no mantenía ninguna relación clandestina con otro hombre. Por un momento, Erika había tenido la tentación (y el poder) de cargarse el contrato de aquella arpía que había osado amenazarla a ella con idéntico perjuicio. Pero para eso habría tenido que acabar también con el contrato de Fanny. Y porque siempre la había tratado bien, o por algo más profundo, no pudo, ni quiso. Sin reparos la cubrió. El banquero sólo le pagaba; no le debía más que su trabajo, y su trabajo había hecho. Que hubiera formulado mejor la pregunta.

LIBERTY CITY

Para ser franco, tengo que empezar por reconocer que aquel diciembre no me encontraba en mi mejor momento. En pos de la nada caminaba por las avenidas nevadas de Nueva York, y unos días era la Sexta con sus edificios inhumanos y otros, más clementes, era Lexington Avenue. Allí, en Lexington, podía hacer escala en la estación Grand Central y sentarme bajo su bóveda, o quedarme sin más al pie del Chrysler Building, hipnotizado por su aguja que se clavaba en el cielo encapotado. Me recuerdo parado en la acera, idólatra estupefacto ante la magnificencia de la torre, esforzándome por evitar que los copos de nieve me cegaran mientras trataba de distinguir en lo alto la faz inexistente de sus gárgolas de acero.

Fue aquel diciembre cuando empecé a mirar los anuncios clasificados, en su versión más rudimentaria de los semanarios o en la infinitamente más versátil, y casi inmanejable, que se ofrecía en la red. En ningún momento llegué a considerar seriamente anunciarme, porque me desanimaba el trabajo de tener que urdir un texto que pudiera llamar la atención de alguien en la fronda de tentaciones más o menos ingeniosas que infestaban las páginas impresas o el éter electrónico. Pero sí recorrí los señuelos que habían puesto otros. Casi todos eran rutinarios: *Abogada pelirroja, atractiva, amante del espacio abierto, busca profesional blanco, no fumador; soy tímida al principio, pero espera a que se rompa el hielo.* La raza y sobre todo los hábitos respecto del tabaco eran motivo recurrente, en una ciudad donde en enero se ve a la gente fumando aterida a la puerta de los restaurantes. A veces se exigía sin contemplaciones: *nonsmoker a must.*

Posiblemente no hubiera probado nunca de no ser porque una noche, mientras pasaba páginas sin mayor interés, leí un reclamo que no era, para variar, escandaloso o insípido: *Bonita irlandesa-polaco-americana, genéticamente miserable, 26, sexo opuesto, disfruto con una charla inteligente y también con un rato divertido; me gustan la poesía y los cafés.*

Por supuesto, al pie del anuncio venía la dirección de la red donde se podía entrar en contacto con ella y a la que exigía, en caso de hacerlo, que se remitiese una fotografía reciente. Tomé nota de su código y estuve durante algún tiempo cavilando sobre qué podía enviar allí junto a mi imagen, si es que cabía enviar algo que compensase eso. Al final di en redactar un breve mensaje. Como identificación nacional y poética, y pensando en el gusto americano, lo cerré con la traducción aproximada al inglés de un par de versos del *Grito hacia Roma* de Federico García Lorca:

... hasta que las ciudades tiemblen como niñas
y rompan las prisiones del aceite y de la música.

Al día siguiente, al encender el ordenador, encontré un mensaje:

Trembling girl willing to break oil's shackles, whichever they may be. Seek me in a corner of this city: 58th and Fifth, this Friday at 6.00 p.m. I'll wear a red and yellow muffler for you (if I can't buy it, I'll have to weave it —that'll be nice). Name is Adrienne.

O lo que es lo mismo:

Niña temblorosa dispuesta a romper las prisiones del aceite, sean las que sean. Búscame en un rincón de esta ciudad: 58 con la Quinta, este viernes a las seis. Llevaré una bufanda roja y amarilla para ti (si no puedo comprarla, tendré que tejerla; eso estará bien). El nombre es Adrienne.

Recabé el asesoramiento de mi amigo Raúl para reservar un sitio donde cenar y otro para tomar café más tarde, aunque la cita no abarcaba explícitamente esos dos puntos. Raúl era un experto acreditado en la elección de locales, y forzado a sacar de la chistera algo que estuviera a la altura de la ocasión y que no desmereciera de su bien ganado prestigio, propuso cautelosamente:

—Podría valerte el Bowery Bar, en Bowery Street. Comida diferente y luz escasa, si puede ayudarte. Lo malo es que tienes una posibilidad entre ocho de que te dejen entrar, aunque reserves. A mí me han rechazado casi todas las veces que he ido. Para el café, te doy dos: Caffé della Pace y Limbo, ambos en el East Village, no lejos. Uno es argentino y el otro no se sabe. Son bohemios, yo diría zarrapastrosos, lo que supongo que resulta apropiado.

Acepté el riesgo e hice la reserva. El viernes, veinte minutos antes de la hora indicada, estaba apostado un poco más arriba de la 58, con la conveniente clandestinidad. Ella llegó a menos diez. Era una chica espigada, de cabello pajizo y andar desgarbado. Se apoyó en un semáforo y se quedó casi inmóvil los diez minutos, mirando al frente. A la vista no había nada que me disuadiera invenciblemente de seguir adelante, así que a la hora en punto crucé y me acerqué hasta ella:

—¿Adrienne? —pregunté, porque por algo había que empezar.

—¿Tú qué dirías? —contestó ella, sonriendo y agitando la bufanda. Me dio una mano muy fría; iba sin guantes. Sus ojos eran de color verde oliva claro y sus pupilas los inundaron mientras yo escudriñaba su fondo.

—¿Tuviste que tejerla, al final?

—No. No hay casi nada que no pueda conseguirse en Bloomingdale's. Por cierto, tengo algo que comprar. ¿Te importa acompañarme un momento?

Ella sabía que no podía importarme. Por el camino me fue fichando:

—¿De qué ciudad eres?

—Madrid.

—*No pasarán* —proclamó en español, arrastrando horriblemente la erre.

—¿Y eso? —me sorprendí.

—Hemingway, claro.

—Claro. ¿Tú eres de aquí?

—*Nyet*. Chicago. ¿Cuánto llevas en Nueva York?

—Cuatro meses. Menos.

—¿Y qué haces?

—Nada, en realidad.

—Ah, eso está bien. Al fin uno que se ha enterado —aprobó, risueña.

Bloomingdale's estaba infestado de gente a la caza de los regalos de Navidad. Adrienne se abrió paso con resolución hasta las escaleras mecánicas y subimos a la planta de ropa femenina. Una vez allí, se fue directa a la sección de lencería y me señaló un sofá bastante cómodo. Se hizo con un ejemplar del *New York Times* que alguien había dejado sobre una mesa y poniéndomelo entre las manos, prometió:

—No tendrás que leerlo entero.

Dispuse de un cuarto de hora, durante el que no desperté la más mínima reacción en ninguna de las dependientas, pese a lo anómala que pudiera ser la presencia de un hombre leyendo el periódico en medio de un bosque de bastidores repletos de sostenes y bragas. Algún otro día, después de aquél, fui allí a hojear la prensa, y tal vez fuera uno de los sitios donde más en paz podía cumplirse aquel rito. Adrienne volvió con una bolsita. De su cara no se iba aquella especie de alegría apacible, con la que me enseñó una de sus capturas, un sostén blanco de diseño púdico, casi virginal.

—Veinticinco dólares, y dura hasta que te cansas de él —lo elogió. Mientras lo extendía no pude dejar de sopesar la talla, comparando la prenda y su destino. Ella lo notó y lo guardó en seguida, advirtiendo—: Bien, esto no estaba en el programa. Vamos a tomar algo.

Dejé que ella escogiera el sitio y me condujo al Royalton, en la cuarenta y tantas, un local moderno que también era hotel y en el que solían recalar los oficinistas pudientes de la Quinta Avenida al final de la jornada. Cada mesa era distinta de las demás, y entre los asientos había desde tresillos a *chaises longues*. Aquellos y otros detalles ponían de manifiesto que el decorador había sido caro. Lo único que quedaba libre era una especie de mesa de juntas, al lado de la entrada. Aunque era desproporcionada para los dos, allí nos acomodamos. En seguida acudió una de las camareras. Todas eran sinuosas y mestizas. Adrienne pidió un *gimlet* y cuando la camarera se hubo marchado en su busca observó:

—Fíjate que ninguna lleva nada debajo de la blusa. Creo que las despiden si se lo ponen.

La observación era inocente, nada que pudiera creerse parte de la misma estrategia que la expedición a comprar ropa interior. Y también era certera: bajo los tejidos ligeros de las blusas se advertían sin obstáculos las formas, a veces demasiado alborotadas y en todo caso seleccionadas con un evidente designio. Adrienne retomó la conversación:

—¿Y tú por qué respondes a los anuncios?

—No respondo a los anuncios. Respondí a *tu* anuncio.

—No pretenderás que crea que es la primera vez.

—Pues sí.

—¿Y por qué el mío?

—*Genéticamente miserable.*

—Sí, eso choca, ¿verdad? Pero hace falta una predisposición, leas lo que leas. Si no, te ríes y lo pasas. Quiero saber por qué tienes tú esa predisposición.

Adrienne era directa, perentoria. Supuse que debía ofrecerle algo:

—No estoy en mi país, he dejado mi empleo, me divorcié este año. Si no respondo ahora a un anuncio no responderé nunca. Aunque también tengo que confesar que he leído muchos sin que se me pasara por la cabeza la idea. ¿Por qué pones tú anuncios?

—Ésa es una buena pregunta, pero la esperaba. Tengo una teoría —afirmó, con mucha solemnidad—. ¿Te interesa?

—Desde luego.

—Mi teoría es que las mujeres tienen tres edades —dijo—. Una hasta los quince, otra hasta los treinta y cinco y otra en adelante. Y para cada una de las tres edades hay un papel que representar. Hasta los quince hay que ser angelical. Desde los quince hasta los treinta y cinco hay que ser errática. Desde los treinta y cinco en adelante hay que ser quieta y maternal.

—¿Y eso por qué?

—Es muy simple. Prueba a pensar en lo contrario. Piensa en las niñas zafias que conociste en tu infancia. Piensa en las mojigatas que están en la segunda fase. Y ah, horror, piensa en las cuarentonas que andan por ahí portándose como golfas, o en las sesentonas que ya no pueden hacer nada, aunque se empeñen. Vaya forma de arruinarse la vida.

—A veces la vida se arruina sola —alegué, por excusar a quienes ella condenaba.

—Típico razonamiento equivocado. Se puede amañar, la vida, y *hay* que amañarla. Cualquier cosa antes que dejar que se vuelva fea y lamentable. Tendrías que ver mis fotos de niña. Era un ángel *conscientemente*. Y cuando cumpla treinta y cinco me casaré y me hartaré de tener hijos con un tipo que no se haga preguntas, para no estar siempre temiendo que pueda estorbar mis planes. Así que ahora, esta noche que tengo veintiséis y estoy en la flor de mi arrebato, vengo aquí, contigo.

Adrienne estaba convencida de lo que decía, y tenía recursos para convencer a su vez a cualquiera de ello. Reclinada al otro lado de la mesa de juntas, mientras jugaba con un par de cerillas de cabeza azul, me escrutaba con malicia y a la vez tenía en el gesto una pureza inflexible. Sus cabellos se derramaban sobre su jersey rojo fuego y en sus mejillas muy blancas se marcaban continuamente dos rayitas que se abrían hacia los pómulos.

Aceptó ir a cenar al Bowery Bar. El portero, después de examinarnos de arriba abajo cuatro o cinco veces y resistirse durante un par de minutos, me autorizó a entrar sólo a mí, con la azarosa misión de lograr que le confirmasen que habíamos hecho una reserva. Me atendió un hombre inusitadamente menudo y distraído, que consiguió dar con mi nombre en un cuaderno y le hizo señal al portero de que dejase pasar a Adrienne. Ella se burló:

—Parece que eres un habitual.

El ambiente era efectivamente tenebroso, y la comida, aunque tardaban siglos en cocinarla, insólita. Al menos así me pareció la pechuga de pato Long Island que yo tomé, y a Adrienne tampoco la decepcionó su pedido. Por lo demás nos colocaron en la peor zona del local, un sitio de paso por el que iban y venían los jactanciosos personajes que se sentaban en la parte más selecta. Adrienne miraba regocijada, con la punta de la lengua asomada entre los dientes, a las mujeres que al pasar dejaban caer sobre nosotros su desprecio. Todas llevaban maquillajes explosivos y una náusea en el semblante. Adrienne apenas iba maquillada y su amabilidad era pertinaz.

Nos atendió una camarera muy joven, con aspecto de bailarina clásica. Como tal se movía y también llevaba moño. Sin embargo, ostentaba una torpeza manual extremada y una desmemoria notable, lo que la incapacitaba de forma casi definitiva para su oficio. Adrienne, siempre atenta a las mujeres (no hizo ninguna apreciación sobre un hombre, en toda la noche), se permitió elucubrar:

—Qué habrán pedido a esta chica que haga, para contratarla.

Durante la cena, al calor del vino de California con el que me cuidé de mantener en todo momento llenas ambas copas, Adrienne quiso saber más:

—¿Y cómo dirías que es tu país? —me asaltó.

—¿Qué versión quieres?

—No sé. Versión para polacas de Chicago.

—Pues diría que es un tanto anárquico y aparentemente irrazonable, pero manso y especulador en el fondo. Aseguran que antes no lo era, pero también que las fuerzas se iban a donde menos provecho daban, así que no se sabe muy bien qué preferir.

—¿Y tú qué prefieres?

—No preferiría pasar por manso, aunque nunca he embestido a nadie, que me acuerde. Aparte de eso lo cierto es que en mi país hay gente de todas clases, como en cualquier otro. ¿Y el tuyo, cómo lo describirías?

—¿El mío? —se rebulló en su asiento—. Bueno, aquí todos son muy patriotas, creerás que lo veo como el más grande. Pero mi país, hasta ahora, es un trozo de Chicago y cuatro calles de esta ciudad. Pequeño y un poco de mentira, eso es lo que me parece. Me gusta, aunque a veces es demasiado solitario. ¿Cómo lo ves tú?

Pensé antes de contestar.

—La sensación es contradictoria. Como si hubiera sitio para cualquiera y a la vez no hubiera sitio para nadie. Pero no me quejo, de momento.

—¿Y a qué estás esperando?

Me encogí de hombros.

—Ni idea. ¿Tú sabes qué esperas?

—Depende. Sí sé qué espero cuando me cito con quienes responden a mi anuncio —declaró, y a continuación se mordió el labio inferior y alzó los ojos, como si hubiera cometido un desliz.

Después de la cena fuimos andando hasta el Limbo. Fue extraño bajar con ella por la Segunda Avenida, en la gélida noche de diciembre. El Limbo era un local pequeño, decorado desigualmente, que no estaba muy limpio y donde servían un café más fuerte de lo común. Lo atendía un grupo de camareras desorganizadas, aunque simpáticas. Entre la concurrencia había muchos con aspecto de estudiantes. Una mulata con gruesas gafas subrayaba un libro en la mesa de nuestra izquierda. La música era una mezcla heterogénea, tan pronto *rap* como Dinah Washington cantando *I Get a Kick Out of You*:

I get no kick from champagne,
mere alcohol doesn't thrill me at all...

—Me mata esta música. ¿Y a ti? —interrogó Adrienne.

—Esta música y algunas películas son lo que me une a América.

—Di una película, por ejemplo.

—*Retorno al pasado.*

—No falla. A todos los hombres les chiflan las zorras. Pero sólo en las películas, claro.

—A mí lo que me interesa es la historia entre Robert Mitchum y su ayudante mudo.

—Así que vas más allá. Infrecuente.

Adrienne se quedó callada, estudiándome como si estuviera midiendo lo alto o lo hondo que podía ser lo que hubiera detrás de mi máscara.

—Ya estamos en un café —dije, para zafarme—. De acuerdo con tu plan ideal nos falta la poesía. ¿Quién es tu poeta preferido?

—Baudelaire. Tan ingenuo, tan amoroso. —Y añadió, con un francés esmerado—: *Mais l'amour n'est q'un matelas d'aiguilles, fait pour donner à boire a ces cruelles filles.* También me enloquece García Lorca. Por eso me he citado contigo. ¿Le lees a menudo?

—Apenas. En España la poesía es cosa de maricas. Eso le llamaban a García Lorca, por ejemplo. El libro de donde saqué los versos lo escribió aquí, en Nueva York. Lo leí porque me interesaba lo que pensó de este lugar otro español, hace tantos años. Es un libro bastante airado. Casi nadie lo sabe, porque a la gente le despista que García Lorca naciera en Andalucía. Pero era un andaluz trágico. Los otros no sirven para mucho.

—¿Madrid es Andalucía? —indagó, con sincera ignorancia.

—No. Aunque yo soy medio andaluz.

—¿Trágico?

—Si hace falta.

Siempre cabe que esté descaminado, pero creo que fue en ese momento, porque no se me ocurre que pudiera ser en otro, cuando Adrienne terminó de tomar su decisión. Al menos, fue entonces cuando se procuró, sin titubear, el primer contacto físico, pasando la yema de uno de sus dedos delgados y lechosos por el arco negro de mis cejas.

La acompañé a su apartamento de Central Park West. Cuando dio la dirección al taxista no pude ocultar mi sobresalto. Debía de ser un apartamento de diez o doce mil dólares al mes, lo que revelaba que Adrienne era rica. Bajé con ella y en la puerta me dispuse a admitir que allí acababa todo.

—Si quieres, podemos vernos otro día —ensayé, porque era obligado y también porque lo deseaba, aunque no tuviera esperanza.

—¿No vas a subir?

—¿La primera noche? —alegué, por prudencia.

Adrienne rió.

—Puede que no haya otra noche.

Subí con ella. Nada más entrar, obedeciendo el mismo impulso que sufren tantos neoyorquinos, Adrienne puso en marcha el reproductor de discos compactos. Mientras yo admiraba su apartamento, unas diez veces mayor que el mío y bastante mejor amueblado, sonaron en unos altavoces invisibles unos aplausos y la voz de un hombre que decía:

—*Buenas noches a todos. Me gustaría saludar a mi madre.*

—Jaco Pastorius —explicó Adrienne—. ¿Lo conoces?

—No.

—Es un concierto que grabó el día de su cumpleaños. ¿No te parece adorable, acordarse lo primero de su madre? Casi todos olvidan que es una hazaña de la madre lo que se conmemora con el cumpleaños.

Hizo avanzar el disco. De pronto arrancó una animosa melodía con derroche de trompetas, cuyo compás Adrienne siguió con sus índices extendidos.

—¿Cómo se llama esto? —pregunté.

—*Liberty City.* Me gusta oírla de noche, viendo el parque.

La vista que había al otro lado de sus ventanas era de veras fastuosa, lo suficiente como para merecer la presumible renta. Al tiempo que la orquesta se desbandaba, desgarrando aquella melodía uniforme hasta hacerle adquirir la soltura del jazz, Adrienne comenzó a desvestirse, como debía de hacerlo, pensé, para los otros hombres que respondían a su anuncio. La vi salir, blanca y engañosamente frágil, de debajo de su jersey rojo y de su falda oscura. Quizá no tuve que hacerlo (aunque ella era bonita, como prometía su reclamo), pero cuando me invitó prescindí de todo y traté de ser sólo lo que ella esperaba.

De madrugada, Adrienne salió a despedirme al rellano. Abrazada a mí, pasando despacio la mano sobre mis cabellos, pronunció afectuosamente su advertencia:

—Si alguna vez quiero volver a verte, te llamaré. Si vienes por aquí sin que yo te haya llamado, el portero te impedirá entrar. Si te quedas en la puerta, telefoneará a la policía. Si alguna vez me sigues, pagaré a alguien para que te haga daño.

No había sido en toda la noche tan dulce como cuando dijo las dos últimas palabras, *hurt you*. Conforme se abrió la puerta del ascensor me metió dentro, y antes de que se cerrara y nos separase me envió un beso soplando sobre la palma de su mano abierta. Durante muchos días después pensé que aquel leve beso soplado era todo el recibimiento que la ciudad vacía había de darme. Así era el invierno, en el corazón helado de Liberty City. En cuanto a Adrienne, no me llamó nunca.

LOS FINALES DE DON JUSTO

Todas las personas que a lo largo de su vida odiaron en mayor o menor medida a Justo López-Cassina, y no fueron pocas, cedieron en alguna ocasión a la tentación de imaginarle una muerte atroz. Si alguien, a la vez lo bastante ocioso e informado, se hubiera molestado en recopilar y clasificar todos los acontecimientos provocados por la existencia de don Justo (como le llamaba la mayoría de quienes le trataron), sin duda habría sido este capítulo, el de los desenlaces que otros desearon para él, uno de los más nutridos e intensos. Sin embargo, y acaso debamos imputarlo a que a la Providencia le place desbordar nuestros ciegos pronósticos, ninguno de los que le aborrecieron logró adivinar el fin que efectivamente acabó acaeciéndole a don Justo, y que bien mirado vino a recompensar de la forma más perfecta y exhaustiva todas sus malas acciones.

El primero que quiso ver muerto a don Justo fue Aurelio Sarabia, compañero de nuestro protagonista en la escuela elemental. Justito, como entonces se le llamaba, era el clásico niño organizador y cruel. Aurelio, el gordito que hay en todas las clases para servirle de conveniente desahogo a la saña de sus condiscípulos. Después de que la partida de energúmenos capitaneada por Justito le frotara una zona sensible de su orondo cuerpo con un manojo de ortigas, Aurelio soñó que a aquel niño de gélida mirada azul le atravesaban los ojos con sendas agujas de hacer punto calentadas al rojo vivo. Las agujas se hundían en el cráneo hasta que ambas convergían en el centro del cerebro. Andando los años, Aurelio conseguiría superar su problema de sobrepeso e incluso se convertiría en un diestro alpinista. Perdería la vida a los treinta y cuatro años, en un descuido achacable a la fatiga y a la euforia que le entorpecieron el descenso tras coronar brillantemente el peligrosísimo Naranjo de Bulnes.

La segunda persona que concibió con pasión y meticulosidad comparables la extinción de don Justo fue Águeda Somontes, a quien nuestro hombre conoció en la flor de la juventud de ambos. Águeda era una de esas muchachas de belleza perturbadora y casi ofensiva, que atravesaban por la vida dejando un reguero de onanistas incontinentes y propensos al suicidio, de un lado, y una legión de ex amigas resentidas, por otro. Aunque parecía lejana y orgullosa, Justo, que ya había desarrollado esa capacidad de calar en el carácter de la gente a la que debería buena parte de su éxito posterior, percibió con claridad sus carencias, y aprovechando esta ventaja consiguió cobrar la pieza en un tiempo récord. Lo que Águeda no supo, hasta que la caza se hubo cumplido, fue que Justo no iba tras ella por amor, sentimiento del que era naturalmente incapaz, sino por una sucia apuesta con uno de sus compadres de aquella época, que no se privó de difundir los detalles del juego. Tras abofetear la insensible mejilla de Justo, e intentar en vano arañarle, Águeda deseó, y así se lo manifestó en voz alta, que un perro rabioso le arrancara al repulsivo apostador aquello con lo que la había mancillado, y que la muerte no le llegara al instante, sino al cabo de meses de agonía, para que sus quejidos postreros los lanzara con voz femenil. Esta forma de muerte, con variantes diversas, la quisieron después para don Justo una gran cantidad de mujeres, empezando por las tres que desposó y siguiendo por todas y cada una de las secretarias que durante temporadas de duración variable le sirvieron de apoyo y alivio sexual (quedando luego relegadas a oscuros negociados o archivos). A ellas habría que sumar un número imprecisable de camareras, administrativas, dependientas, azafatas, recepcionistas, intérpretes, guías, masajistas, empleadas de hogar, pedicuras, telefonistas, enfermeras, profesoras, economistas, ingenieras, abogadas, colegialas, odontólogas, peluqueras y por supuesto prostitutas, a ninguna de las cuales le hizo jamás abrigar la ilusión de suponer para él algo más que un trozo de carne más o menos codiciable, según fuera el caso y el atractivo físico de la interesada. Alargaría en exceso este relato consignar sus nombres y todas las variantes de emasculación imaginadas por ellas para don Justo, así como dejar testimonio de la peripecia vital de cada una. Por eso nos limitaremos a apuntar que Águeda, la pionera, se las arreglaría para olvidar finalmente la afrenta, y tras ganarse la vida durante algunos años como modelo publicitaria, se uniría en matrimonio al heredero de una familia aristocrática, exento pese a esta condición de taras físicas y psíquicas relevantes, y por completo entregado a la noble misión de hacerla feliz. Águeda moriría en el parto de su sexto hijo, a la edad de cuarenta y un años.

Pero sin duda, el ámbito en el que don Justo consiguió reclutar a un número mayor de soñadores de su fallecimiento, incluidos algunos lo bastante impacientes como para llegar a planear maneras de precipitarlo, fue el de los sucesivos negocios a través de los que labró su impresionante trayectoria profesional. La lista la abrió Gonzalo Saavedra, con quien compartió despacho cuando ambos eran dos jóvenes ingenieros recién incorporados a una vasta organización multinacional, líder en el sector manufacturero. Un buen día, tras dos años de relación aparentemente cordial, Saavedra descubrió que un error cometido por él, y que había provocado el rechazo en el control de calidad de una serie de doce mil piezas, con el correspondiente desperdicio del material, la energía y el tiempo consumidos para fabricarlas, había llegado casi instantáneamente a conocimiento de la dirección, merced a la diligencia delatora de su compañero Justo. Después de aquel incidente, Saavedra hubo de buscarse otro empleo, además de pleitear durante años para obtener su indemnización por despido, que a la postre le fue negada mediante sentencia firme en la que se le condenaba aún a abonar una suma a la empresa, por el coste del material perdido que el importe de su finiquito no había alcanzado a resarcir. El día que le notificaron esa sentencia, Saavedra no pudo evitar acordarse de Justo, ni tampoco maldecirlo. Deseó que una carretilla elevadora lo embistiera y le seccionara ambos tobillos, y que de resultas del accidente perdiera el sentido y nadie reparase en él hasta que terminara de desangrarse. Por aquel entonces Justo ya era director de la fábrica, y apenas pisaba la zona de producción, por lo que ese desenlace resultaba altamente improbable. Gonzalo Saavedra, por su parte, después de llevar una vida honrada y laboriosa como mando intermedio, acabaría haciéndose millonario a los cincuenta y ocho años al ser el único acertante de primera categoría en un sorteo de la Lotería Primitiva con bote. Murió a los sesenta y un años, al estrellarse la avioneta privada en la que viajaba en algún punto del archipiélago de las Maldivas.

Después de Gonzalo Saavedra, fueron innumerables los compañeros, subordinados y jefes cuyo odio supo ganarse en buena lid el que ya empezaba a ser conocido como don Justo. También hay que contar en la lista a no pocos clientes, proveedores y competidores, como Saúl Ciordia, que pagó un anticipo de dos millones de pesetas a unos sicarios colombianos a cambio de que lo asesinaran a machetazos, con la especial indicación de que antes de hacerlo se detuvieran a violar en su presencia a la que entonces era su mujer. Los sicarios no llegaron a cumplir el encargo; de camino a la casa de don Justo, el vehículo en el que viajaban fue embestido en un cruce por un camión-cisterna que perdió los frenos. Los cadáveres, irreconocibles tras la acción del fuego, acabaron sepultados en una fosa común. Saúl Ciordia interpretó el accidente como una señal, vendió todas sus empresas y se dedicó a la egiptología, que había sido su pasión de juventud. Murió a los cincuenta y cinco años en un hospital de El Cairo, víctima de una colitis incoercible.

Puede decirse que la última persona que deseó la muerte de don Justo, a raíz de su trato profesional con él, fue la que estuvo más cerca de salirse con la suya. Manu Carrasquer fue su segundo de a bordo durante sus últimos años en activo como empresario. En tal condición, y como peaje para poder realizar sus ambiciones de sucederle, fue objeto por parte de don Justo de continuas humillaciones, preferentemente en público y ante personas de menor rango. Muchas noches, Manu Carrasquer lloraba de rabia y vergüenza, sembrando en el cerebro de su desorientada esposa la duda acerca de la conveniencia de someterle a alguna clase de psicoterapia. Pero al fin, su sacrificio dio fruto. Como flamante presidente de la compañía, le cupo el placer inmenso de pronunciar el discurso de despedida de don Justo, y el no menos enorme de hacerle entrega de la placa que le acreditaba como presidente de honor, es decir, como mueble arrumbado en el desván de los trastos viejos. Don Justo partió entonces hacia ese puerto al que tantos habrían querido despacharlo mucho antes, y su sucesor pudo sentir, ebrio de gozo, que era él quien le fletaba el barco para llegar hasta allí. Sin embargo, travesuras del destino, Manu Carrasquer no viviría para ver cómo don Justo arribaba al otro lado. Lo cosieron a tiros unos sicarios albanokosovares, mientras hacía *jogging* por las calles de su lujosa urbanización, un día antes de cumplir cincuenta y siete años.

Cuando leyó la noticia, el ya casi octogenario don Justo no pudo alegrarse como lo habría hecho años atrás. Para entonces ya había descubierto que en la nómina de los que le detestaban se contaban sin excepción sus siete hijos, a quienes se había ocupado de proporcionar todos los medios para llevar una vida cómoda y económicamente desahogada. Dos de ellos, incluso, le habían reconocido sin tapujos que aguardaban con verdadera ansiedad el momento en que terminara de reventar. Sólo tenía tres nietos, que vivían en otro continente y a los que nunca había visto, ni esperaba ver. Su hija Lucía, la madre de los niños, había dejado bien claro a sus hermanos que no pensaba asumir ninguna responsabilidad sobre los últimos días del viejo. Y cuando él la llamaba, siempre se mostraba tan falsamente afectuosa como pródiga en excusas que le impedían hacer el viaje para ir a visitarle. De las dos ex mujeres que aún le vivían, no podía aguardar nada más que alguna tentativa de envenenamiento, y de las decenas de ex amantes, en el mejor de los casos, nada en absoluto. No era lo bastante rico como para atraer a una nueva, aunque poseía un considerable patrimonio. Habría hecho falta el doble o el triple para que una mujer, incluso la más falta de escrúpulos, aceptara compartir el destino de un hombre antipático, que apenas podía caminar y que padecía una enfermedad de la piel que le obligaba a vivir embadurnado de pomadas malolientes.

Ni siquiera Nicasio, su otrora leal y abnegado chófer, quiso continuar con él. Había cumplido los sesenta y cinco y tenía derecho a una jubilación que prefería gastar con su mujer en la playa de Torrevieja, y no llevando de aquí para allá al oneroso residuo humano en que aquel canalla de don Justo se había convertido.

Los tres últimos años de su estancia en este mundo, don Justo, que en sus buenos tiempos siempre había tenido a punto una palabra de desprecio para cualquiera cuya oscuridad de piel no se debiera a los rayos UVA o a la práctica de deportes náuticos, vivió atendido por enfermeros magrebíes y sudamericanos en situación irregular, los únicos que aceptaban el trabajo de custodiarle. Todos, en cuanto tenían ocasión de legalizarse y conseguir algo mejor, ponían tierra de por medio y obligaban a sus hijos a buscar a toda prisa un sustituto. Cualquier cosa antes de quedarse ni un minuto con él. Muchos de aquellos enfermeros, apenas cualificados, le cuidaron de forma inadecuada. Alguno, por maldad o resentimiento, lo maltrató o lo tuvo sumido durante semanas en sórdidas condiciones de higiene. De los tres últimos, ni siquiera fue capaz don Justo de aprenderse los nombres, porque su conciencia ya se disgregaba.

No pudo así darse demasiada cuenta de la presencia y las atenciones de Wilson, el último de todos, un inmigrante ecuatoriano, prolijo y paciente, que se ocupó de mantenerlo limpio y presentable hasta el día en que su corazón se detuvo, por causas que nadie se detuvo a indagar, después de ochenta y un años de bombeo.

Muchos, a lo largo de esos ochenta y un años, pensaron en un final degradante para la historia de don Justo. Si hubiéramos pretendido recogerlos a todos, habríamos proporcionado a estas páginas una longitud insoportable. Pero ninguno, ni en lo más profundo del rencor, ni en lo más luminoso de la inspiración, alcanzó a concebir algo que al propio don Justo le hubiera vejado tanto como la escena que tuvo lugar en aquel cementerio, una tarde de otoño.

Acababan los operarios de cubrir la tumba con una tapa de hormigón. Los cuatro hijos que se habían acercado hasta allí, sin sus familias, se habían apresurado a dispersarse después de que el sacerdote rezara la oración fúnebre. Una sola persona había quedado frente al sepulcro. Se llamaba Wilson, y era un inmigrante ilegal. De sus labios brotaron entonces estas sentidas palabras:

—Señor, hazle un huequito en tu reino a este pobre desgraciado.

Luego Wilson se persignó y se fue, a seguir luchando por su supervivencia. Nadie volvió a ocuparse nunca de don Justo.

LA HERENCIA DEL VENCIDO

Aquella mañana de octubre, mientras escuchaba las noticias, María se acordó de su padre. En parte el hecho no tenía nada de excepcional. Desde hacía tres meses, era ese momento, el del desayuno, cuando ya Antonio se había ido y se había llevado a los chicos, el más vulnerable al recuerdo y al dolor. Estar allí sola, bebiendo su café con el rumor de fondo de la radio, le hacía pensar sin poder evitarlo en que desde hacía tres meses, los mismos que llevaba muerto su padre, estaba también sola de otro modo. Sola en el mundo, definitiva e irrevocablemente adulta, a los cincuenta y tres años. Ante ese pensamiento, María solía sentir una especie extraña de anulación. Un «ya está, ya llegó el día», contra el que no se sublevaba porque sabía que no servía de nada sublevarse. Las lágrimas resbalaban por sus mejillas como el riachuelo se desliza montaña abajo. Con naturalidad, sin protesta alguna. Añoraba la mirada serena de su padre, en la que solía refugiarse en momentos de zozobra. Ahora esa mirada no existía y en la zozobra tendría que volverse al espejo o a la nada. Pero así era la vida, y no podía lloriquear. Una hija de su padre debía mantener a todo trance la entereza. A él le había visto llorar, cuando la muerte de su madre, con un llanto abundante y silencioso. Lloriquear, en cambio, era algo que se salía por completo de lo admisible. Por no oírle, ni siquiera le había oído nunca quejarse de que le hubieran hundido la vida a los treinta y seis años. Era algo que estaba ahí, simplemente. Algo que había que soportar.

Aquella mañana, sin embargo, María lloraba como nunca lo había hecho antes, y se sentía en la necesidad y el derecho de llevar su llanto hasta el extremo, hasta la histeria, hasta el grito incluso. Era el suyo, aquella mañana, un llanto demasiado mezclado y caótico para mantenerlo encerrado en los límites de la circunspección que su padre le había inculcado, como la regla primera para transitar entre la iniquidad insaciable y la frecuente insensatez del mundo. Lloraba por una amargura como jamás había sentido. Pero también lloraba de alegría. En la radio sonaban ahora unas voces grabadas durante la madrugada en las calles de Madrid: «Hemos *ganao*, hemos *ganao*, los del equipo *colorao*». Dios, y por sólo tres meses él no había vivido para oírlas. Para algunos aquello era una desgracia. Para otros era indiferente. Pero para un hombre que había vivido despojado cuarenta y tres años, habría sido una reparación. Y aquel hombre, su padre, después de tanto sufrir, después de tanto callar, la había merecido.

Sus lágrimas cayeron en el café y María, con un suspiro, se las bebió, como desde pequeña le habían enseñado que había que hacer.

Evocó la primera imagen que recordaba de su padre. En Melilla, una mañana soleada de diciembre de 1932. Volvía a ver la luz impetuosa que entraba por todas las ventanas y dibujaba en colores vivos, ante sus ojos de niña, a aquel personaje que después adquiriría rasgos fabulosos, la criada mora que le enseñó a nombrar en *chelja* las cosas de su pequeño universo infantil. Qué habría sido de ella, de Aixa. Había olvidado las recias palabras bereberes, pero no el timbre de su voz.

De la mano de Aixa, precisamente, había salido aquella mañana de 1932 a la puerta de la casa para despedir a su padre y grabar para siempre en su memoria la estampa: el erguido capitán de Infantería en uniforme de gala, con el pecho enterrado bajo las medallas ganadas en las agrestes montañas del Rif, donde apenas hacía seis años había habido una guerra feroz de la que él no hablaba ni hablaría nunca. Era el día de la patrona, y antes de ir a la celebración castrense, su padre la había cogido en brazos, la había estrechado contra sí y la había besado con fuerza en la mejilla. Podía sentir aún el tacto de la curtida piel de soldado, recién rasurada, el olor a colonia fuerte; podía todavía percibir el tintineo de las medallas entrechocándose y su frío metálico apoyándose en sus piernecitas desnudas de niña. Después su padre se había ajustado la gorra y ella le había visto irse, las botas brillando al sol, la espalda desafiando la gravedad.

Ahí cesaba la imagen. Los recuerdos infantiles tienden a ser así, impecables y sumarios. Puros, si es que tal puede ser un recuerdo.

Por mucho que lo intentaba, no conseguía, sin embargo, recordar nada de aquel día que iba a marcar su vida, como la de tantos otros. El 18 de julio de 1936 había cogido a su familia en Madrid, donde vivían desde hacía dos años. Su padre estaba destinado en el Ministerio de la Guerra, junto a Cibeles. Muchas veces se había preguntado María qué habría podido suceder si el destino de su padre en aquel momento hubiera sido otro. Fue en función de ese simple azar, dónde se encontraban el 18 de julio de 1936, como se había decidido la suerte de muchas personas. Si su padre hubiera estado en Melilla, tal vez se hubiera unido a los sublevados, pese a no simpatizar con aquella rebelión protagonizada por sus antiguos compañeros. Puestos a elegir entre sus camaradas de África, se sentía más próximo a aquel impulsivo Fermín Galán, con quien había estado en el Tercio, y que en 1930 se había levantado en Jaca contra el rey para exigir la instauración de la República. Como él, creía que el ejército debía estar al lado del pueblo, de los campesinos y los obreros que lo nutrían y que habían dado su sangre en aquella miserable guerra africana, y no al lado de los caciques y los emboscados que siempre habían tenido la boca ancha del embudo, en la guerra y en la paz. Por eso al padre de María le emocionaba pensar en su amigo Fermín Galán, gritando *¡Hasta nunca!* ante el pelotón de fusilamiento. Pero de aquel malogrado revolucionario le alejaba la imprudencia irreflexiva que le había conducido a un sacrificio inútil. Aunque María nunca había hablado con su padre de esa hipótesis, no lo veía oponiéndose al alzamiento en Melilla, para no ganar nada más que convertirlas a ella en huérfana y a su madre en viuda antes de que amaneciera el día siguiente.

Si la guerra les hubiera sorprendido en Melilla, pues, acaso habría sido hija de un vencedor y andando el tiempo de un general. Su padre habría tenido que tragarse algún que otro sapo, como ver a los curas y a los señoritos pavoneándose, pero quizá habría alegado ante su conciencia que la República en la que creía había fracasado. Habría encontrado razones para hacerlo, tal vez, porque no era hombre a quien gustara tampoco el desbarajuste. Pero el 18 de julio de 1936 su padre estaba en Madrid, y como Madrid mismo, permaneció leal al Gobierno. Por eso a María le había tocado ser la hija de un rojo, de un presidiario y de un apestado. De un vencido, en suma. Y por eso su padre no había tenido que vivir el resto de su vida sintiendo la culpa de no haberse dejado matar el 18 de julio o de haberse convertido en un represor del pueblo. En su lugar, le había tocado pasar tres años sosteniendo aquella causa legítima que se desmoronaba, sin que él pudiera hacer nada por evitarlo, y luego otros cuarenta arrastrando el despiadado estigma que los vencedores le habían de imponer.

De aquellos tristes, oscuros tres años, recordaba al principio el ruido amortiguado de los aviones en lo alto y el estruendo de las bombas, que le hacía retemblar las costillas.

Pero sólo había pasado unos meses en Madrid. Una noche habían venido unos hombres de la FAI a ver a su padre. Habían empezado a hablar algo tensos, y pronto los gritos llegaron hasta su cuarto. Finalmente, se oyó la voz de su padre imponerse. Todavía podía repetir las palabras exactas, una frase llena de misterio para la niña de siete años: «Si vuestros jefes piensan que con un puñado de bocazas y de matones van a ganar esta guerra, estamos listos». Después los echó a la calle. Al día siguiente las envió a ella y a su madre a Murcia, donde vivían sus abuelos y donde permaneció hasta el 1 de abril de 1939, un día que sí recordaba bien. Su padre se había reunido con ellas apenas un par de días antes. Le había impresionado verle llegar, con barba de varios días, enflaquecido, ojeroso, y decirle a su madre: «Ya está, ya no hay nada que hacer. Todas las ratas abandonan el barco». El 1 de abril, su padre no pronunció una palabra. Aguardó el momento en que vendrían por él y cuando ese momento llegó, antes del anochecer, se dejó detener sin oponer resistencia. «Quedaos aquí», le dijo a su madre. «Aquí, por lo menos, siempre tendréis algo que llevaros a la boca.» La abuela de María, que la sujetaba por los hombros, lloraba sin atreverse a hacer ruido.

Después de eso, empezaba el túnel. A su padre, africanista indigno de esa condición, y por aquel entonces teniente coronel del ejército republicano, no podía corresponderle otra sentencia que la de muerte. El juicio fue rápido, pero la ejecución se demoraba. Durante esas semanas de espera atroz, su madre se consumió como una vela. Todavía habría de vivir algunos años más, pero María no podía dejar de pensar que el frío de la muerte se le había metido en los huesos entonces, condenándola a abandonar la vida antes de tiempo, como a su marido le condenaba aquella sentencia que finalmente fue conmutada. Lo que salvó al padre de María fue una combinación que los desvelos de su abuelo lograron hacer efectiva: la del viejo afecto de un par de compañeros de África, ahora jefes importantes del ejército triunfador, con el testimonio de unas monjas a las que su padre había salvado del linchamiento en Madrid. Como pudo probársele esa buena acción, amén de algunas otras, y ningún delito en particular, los vencedores reconsideraron su caso y determinaron que sólo merecía cumplir cadena perpetua. Lo enviaron a Burgos, donde tendría que resistir quince inviernos.

En Murcia, por lo menos, no hacía tanto frío. Pero fueron tan miserables aquellos años que a María todavía le encogía el alma evocarlos. La pobreza podía soportarse, el hambre no llegó a ser extrema. Lo verdaderamente duro era crecer a la vida y a la conciencia viendo que su madre no sonreía nunca, sabiendo que su padre estaba preso; esperando la noche, una al mes, como poco, en que la policía vendría y pondría patas arriba la casa, por nada, únicamente para que ellas, la familia del rojo, no dejaran de sentir el desprecio y el terror. Y los viajes a Burgos, para ver al hombre envuelto en el abrigo raído, con los guantes de lana agujereados. El hombre al que había visto bañado de sol y reluciente de medallas en aquella Melilla de su infancia, tan remota como un sueño. El hombre a quien la desventura había chupado la carne, vaciado los ojos y doblegado la espalda antaño altiva, pero que torcía para ella, para los pocos minutos que les dejaban a través de una valla, la cara en una sonrisa que a María le dolía como si le clavaran una aguja en el corazón. El hombre que era su padre, roto.

Le faltó el padre, a lo largo de todos aquellos años. Le faltó cuando cumplió quince, veinte, veinticinco. Hubo de vivir sin su protección, en un mundo en el que tanto se echaba de menos el amparo del hombre cuando no se tenía. Una mujer sin hombre era una desgraciada, un ser disminuido. Lo decretaba la educación ancestral y lo remachaba la convicción implacable de la gente, forjada en la contemplación del infortunio de tantas viudas y de tantas mujeres de rojos, como su madre. Una mujer sola estaba expuesta al escarnio, al abuso. Y una mujer de rojo o una hija de rojo lo merecían. En 1945, cuando le quedaba apenas un año, a María la expulsaron sin ninguna explicación del colegio religioso en el que había sido admitida, de caridad, por recomendación de una de las monjas que le debía la vida a su padre. El coraje de aquel hombre, al contener al mando de un pelotón de soldados a la turba que en el exaltado Madrid de 1936 pretendía asaltar el convento, había tardado apenas cinco años en quedar olvidado. El pecado de haber contemporizado y colaborado, por creerlo su deber, con la horda marxista, había en cambio que recordárselo sin clemencia a aquella aterrada y escuálida muchacha de quince años que llevaba su sangre y su apellido.

Para que no volvieran a tener siquiera la tentación, como les decía el cura, justo después de la lectura de los Santos Evangelios, en la misa que se oficiaba en el colegio cada día.

Pero era fuerte, él le había enseñado a serlo, y estaba decidida a probarlo, dentro del margen angosto que se le ofrecía. Se juró que sobreviviría y ayudaría a sobrevivir a su madre, que cosía día y noche por una miseria para no tener la sensación de ser sólo una carga para sus suegros. En aquella época, una mujer joven tenía pocas opciones, pero María encontró una. Se hizo maestra de escuela. Para ello tuvo que salvar todos los recelos, hacerse la violencia de memorizar los principios y la jerigonza abyecta y ridícula del enemigo, hasta despuntar como nadie en los exámenes en que la interrogaban sobre el disparate que llamaban Formación del Espíritu Nacional. Se blindó como un galápago, aprendió a cantar sus canciones sin oírlas, a rezar sus oraciones sin sentir nada, a mirar el retrato del Caudillo y ver en su lugar la pared desnuda.

En 1950, un hombre con una fila de hormigas alineada sobre el extremo del labio superior le entregó su título. La destinaron a un pueblo de los Pirineos.

Los años en la montaña, al evocarlos, le producían una sensación contradictoria. Por un lado el aire puro, la calma, la ausencia súbita de su pasado, que allí nadie conocía, y que le permitía vivir menos oprimida que hasta entonces. Por otro, la sordidez tediosa de su vida, en aquel mundo estrecho y ruin que era la España rural de los cincuenta. Los monótonos ritos una y otra vez repetidos, en los que, como maestra nacional y, por tanto, una especie de sacerdotisa laica del régimen, se veía obligada a tomar un papel activo frente a aquellos pobres niños que tenía a su cargo. Llevaban flores a la Virgen en mayo, conmemoraban el día de la Raza, el de la Victoria, el Corpus, todo el calendario jalonado de sus mitos y de sus signos y de su Dios vengador. Hasta en los dictados tenía que cantarles a los chiquillos las excelencias de José Antonio y el genio militar del Generalísimo, y lo hacía, sin pensar nunca en sabotear frontalmente aquella educación aberrante y mutilada que la forzaban a impartir. Se sublevaba de otra manera, dentro de lo consentido: leyéndoles pasajes de Quevedo o del *Lazarillo de Tormes*, para que pudieran reír alguna vez en medio de tanta necia solemnidad, o poemas de Garcilaso, para que supieran de la belleza y del amor y tuvieran alguna oportunidad de no sucumbir a aquel odio vil que les daban disuelto en la leche.

De todos modos, en aquel destino pirenaico su vida había mejorado mucho. Al cabo de dos años se llevó con ella a su madre. En el pueblo podían vivir de su sueldo, aunque fuera corto, y su madre podía dejar de gastarse los ojos cosiendo en las madrugadas bajo una bombilla anémica. Apenas recordaba María a la mujer joven y optimista que su madre había sido un día, antes del desastre. Siempre que pensaba en ella veía a la mujer encorvada encima de la máquina de coser, bajo aquella bombilla que ahora, en 1982, nadie utilizaría ni en una lámpara de adorno. Desde que se la llevó consigo, por lo menos, su madre no había tenido que volver a coser. Pero tampoco había vuelto a recobrar la alegría. Y es que la principal ventaja que tenía para ella aquel pueblo de Huesca, cerca de la raya de Navarra, era que estaba mucho más cerca de Burgos, donde seguía preso, más de catorce años ya, el hombre del abrigo raído.

María le había visto envejecer así, envuelto en el abrigo, al otro lado de la verja. Le soltaron en 1954, gracias a que uno de sus mejores amigos de África, que había alcanzado el grado de general de división y un gobierno militar, tuvo la osadía de interceder por él y la buena mano suficiente para hacer que su intercesión prosperara.

Cuando le liberaron, tenía cincuenta y un años, dos menos que ella ahora, pero aparentaba más de sesenta. Había hecho dos guerras, había pasado quince años en la cárcel y salía a la calle con una mano delante y otra detrás. Al otro lado del muro, le esperaban una mujer que se había acostumbrado a vivir como su viuda y otra mujer que cuando él había entrado en la prisión era una niña de diez años. Le habían robado la vida entera, por el solo delito de haberse quedado del lado que le dictaba su sentido del deber, de la dignidad y del honor. Y ahora le soltaban por compasión, como un favor que no merecía y que se vería obligado a agradecer. Abrazó a su mujer y luego a su hija. Pero ninguno de los tres pudo sentir la menor felicidad. Las dos mujeres lloraban y él les limpiaba las lágrimas, meticuloso. Nadie enjugaba las suyas.

Tras salir de la cárcel, su padre se había llevado a su madre a Madrid, donde, de nuevo gracias a un favor, pudo acceder a un modesto puesto de almacenero en un depósito de Intendencia. Le humillaba sin duda, como oficial y como militar, verse a sus cincuenta y un años trabajando como mozo a las órdenes de sargentos o tenientes veinteañeros. Pero más le habría humillado vivir en el pueblo de Huesca a costa de su hija, que tenía derecho a su propia vida. Eso era, desde que había recobrado la libertad, si es que aquello podía llamarse así, lo que le decía a ella, una y otra vez: «María, tú no dejes que te agache mi desgracia. Tú tienes todo el mundo por delante». Le insistía con tal ansiedad que a María le parecía que su padre, que ya había renunciado a su propia suerte, sólo pensaba en que no se malograra también la de ella.

En 1956, una calurosa mañana de julio, enterraron a su madre. María recordaba a su padre ante la fosa, tan tieso en su traje oscuro como lo había estado siempre en el uniforme que ahora le prohibían vestir. Miraba bajar el ataúd como si lo llevara esperando desde hacía tiempo. Como si fuera la vuelta de tuerca que le faltaba.

Le recordaba también en el metro, de vuelta a casa, empapado en sudor, sin quejarse. María le dio un pañuelo para que se secara la frente y él la miró a los ojos. «Mi niña», murmuró, con una sonrisa infinitamente cansada.

Quiso trasladarse a Madrid, para estar más cerca de él, pero otros muchos codiciaban ese destino y todo lo que pudo conseguir fue que la enviaran a Segovia. Por lo menos podía acercarse a verle algunos fines de semana. Él la recibía en su austero piso de viudo del barrio de Chamberí, siempre limpio y ordenado como si fueran a pasarle revista. Comían y luego salían a dar largos paseos. Su padre nunca soltaba prenda de lo que a ella, pese a todo, más curiosidad le inspiraba. Ni de la guerra, ni de la cárcel. Y ella no se atrevía a preguntar. Así que nunca hablaron de ello. La conversación giraba en torno a aquella Melilla que los dos añoraban, la de los cortos tiempos felices, y también en torno al futuro de ella. Venciendo el pudor que el asunto le inspiraba, le preguntaba cada fin de semana a María si ya tenía novio. Y cuando ella le decía que no, la regañaba, meneando la cabeza: «Pues deberías, pues deberías». A veces, ella se atrevía a bromear: «¿Es que tienes ganas de nietos?». Y él, muy serio, replicaba: «Pues claro. Pero lo que más me preocupa eres tú. Que puedas tener una vida entera». Su padre no lo decía jamás, pero María adivinaba el resto: «No como yo».

Había otra cosa que María recordaba de aquellos paseos y aquellas conversaciones con su padre. Él nunca había intentado inculcarle las ideas que le habían llevado a hacer la guerra con los perdedores y a la cárcel tras la derrota. Era como si creyera que no tenía derecho a legarle ese lastre para enfrentarse al mundo en el que le tocaba vivir. Pero no podía renunciar a transmitirle su actitud ante la vida, los principios que tenía arraigados aún más adentro que aquellas ideas, y que le habían conducido a ellas. No eran muchos. Que una persona decente nunca podía decidir su lugar sólo en función del beneficio, que era indigno ayudar al fuerte a abusar del débil y que el sacrificio valía siempre más que la ventaja y la molicie. Que había que mantener la espalda derecha y la vista arriba, aunque la vida te golpeara. Sobre todo entonces.

Cuando María le oía decirle esas cosas, pensaba que le tocaba ocupar el lugar del hijo que él no había tenido, al que acaso estaba destinado aquel manual de conducta que no era sino su sencilla filosofía de soldado. Pero no le importaba. Ella era quien estaba allí, y quien guardaría la herencia. Durante toda su vida, hasta aquella mañana de octubre de 1982 en que le recordaba ante la taza de café vacía, la había guardado y se había esforzado día a día en honrarla, con sus palabras y sus hechos.

Había sido en Segovia, justamente, donde había conocido a Antonio. Ahora que había pasado el tiempo y era una mujer madura y sin aprensiones innecesarias, María constataba con toda tranquilidad que lo que más le había atraído de aquel joven grave y cauteloso era lo mucho que tenía en común con su padre. Lo había conocido paseando junto a la catedral, y se habían visto varias veces antes de que él hiciera un avance significativo. Había sido esa tarde cuando él le había dicho, con una especie de orgullo infantil, que era teniente de Artillería. Por un momento, a María se le había quedado la boca seca. Los uniformes, que habían sido en su infancia un paisaje acogedor y familiar, eran ahora el símbolo de los vencedores contra cuya saña había tenido que subsistir. Quizá por aquella sensación entremezclada y confusa, o quizá porque aquel hombre le gustaba de veras, reaccionó con brusquedad y le dijo que ella también era hija de militar, pero de un militar rojo que había estado en la cárcel.

Tras esa revelación, Antonio se quedó quieto, mirándola, durante unos segundos inacabables. Nunca le había preguntado a su marido lo que le había pasado por la cabeza durante ese tiempo. El caso es que al fin rompió el silencio y dijo, con voz nerviosa: «Bueno, no me parece que eso tenga ninguna importancia».

María supo así la importancia que eso tenía. Y supo que se casaría con él.

Pero todavía tuvo que sufrir una última humillación. Antes de que un militar contrajera matrimonio, se solía investigar si la novia era una persona lo bastante irreprochable. A aquellas alturas, en 1958, con el régimen dando sus primeros pasos hacia una relajación de sus costumbres, el trámite tenía mucho de rutinario. Pero hubo que dar explicaciones, y hubo que conseguir que alguien en el depósito de Intendencia dijera que aquel ex rojo se había sometido y no causaba ningún alboroto. La maestra tenía además un expediente modélico, y sus vecinos la consideraban una persona de orden. Se podía permitir, pues, que desposara a un guerrero del glorioso ejército español.

Tenía en la cabeza esta fotografía de la boda: su padre a su izquierda, vestido de civil. Su marido a su derecha, de militar. Su padre no le dijo nada pero ella supo que en ese momento, como en pocos otros, le dolió la injusticia que la vida le había hecho y que le impedía ayudar a componer otra fotografía: la de su hija María flanqueada por dos uniformes. Después de haber vivido entre ellos toda su vida, María era consciente de hasta qué punto los militares podían ser hombres sentimentales.

Pero su padre aguantó a pie firme la ceremonia. Sólo un minuto antes de que ella se fuera con su marido, después del banquete, le dijo: «Creo que has tenido buen ojo. Te llevas un hombre honrado.» Y añadió: «Lástima que tu madre no pueda verlo».

Sacó el pañuelo y ella le ayudó a secarse los ojos. Le costó dejarle allí. A los cincuenta y cinco años, pese a su férrea voluntad de lucha, era un hombre viejo.

Después de eso vinieron, al fin, los buenos tiempos. El nacimiento de sus dos hijos, la excedencia que aprovechó, además de para criarlos, para estudiar Filosofía y Letras, rama de Historia. Recordaba los primeros años de los sesenta como un tiempo agotador, pero feliz. Se sentía llena de fuerza, capaz de sacar adelante todas las tareas que se echara a la espalda. En 1966, ganó a la primera la oposición de profesora de instituto, con tan buen número que pudo elegir destino en Madrid, donde estaba también destinado Antonio. Por primera vez en la vida, mientras veía crecer a sus hijos, ascender a su marido y a su padre disfrutar de sus nietos, pudo creer que era una persona afortunada, alguien que no tenía que contener constantemente la respiración.

Hubo, sin embargo, revuelto con todo eso, un desagradable quiebro del destino, una especie de recordatorio extemporáneo y cruel de todo lo que quería y debía dejar atrás. En 1961, el depósito de Intendencia en el que trabajaba su padre se incendió. Había ciertos indicios de que el fuego había sido provocado, y se abrió una investigación para esclarecerlo. Una de las primeras medidas, cómo no, fue detener a su padre, a quien su pasado de rojo otorgaba, a ojos de quienes instruían el asunto, una sólida presunción de culpabilidad. Poco importaba que su conducta, en los siete años que llevaba allí, hubiera sido absolutamente intachable. Lo tuvieron detenido tres días, hasta que al incidente se le encontró otra explicación. Pero posiblemente, de no haber sido por los esfuerzos de Antonio, le habrían retenido todavía algún tiempo más.

Fue como revivir el infierno, ir a buscarle y ver cómo salía otra vez del encierro, sin afeitar, hundido, asustado pese a todos los esfuerzos que hacía por ocultarlo. Era como una pesadilla, que sólo acabó cuando María vio a los dos hombres, suegro y yerno, abrazados, y escuchó a su padre decir: «Gracias, hijo».

María miró el reloj. Ya eran las nueve. Tenía la primera clase en el instituto a las nueve y media, y diez minutos de camino. Siempre empezaba puntual, y para eso siempre llegaba al menos un cuarto de hora antes de la hora. Otra enseñanza de su padre. Se puso en pie y recogió en un momento todos los cacharros del desayuno. Sólo le quedaba calzarse. Apagó la radio y fue a buscar sus zapatos.

En la calle, la recibió el aire fresco de la mañana de octubre. Era un día soleado, y la combinación de las dos sensaciones, la luz intensa y la temperatura fresca, la despejaron instantánea y agradablemente. Mientras caminaba, como la estampa final de aquel improvisado ejercicio de evocación, acudió a su memoria la reacción de su padre el 20 de noviembre de 1975, de extraño, no exactamente dichoso recuerdo.

«Es curioso», dijo el viejo vencido, después de que la cara compungida de Arias-Navarro diese la noticia. «Nunca creí que fuera a sobrevivirle. Ni en Alhucemas, cuando el desembarco de 1925, ni en la guerra, ni en todos estos años. Siempre estuve convencido de que yo caería antes que él, aunque fuera más joven.»

Eso fue todo. Su padre siempre era comedido en sus juicios políticos, especialmente en presencia de su yerno, aunque éste no fuera un fanático del régimen, sino más bien escéptico, al cabo de los años de convivencia con su hija. Pero María no estaba segura de que hubiese dicho mucho más si hubieran estado solos ella y él. Hasta aquel preciso día, más de medio siglo después, no había sabido que su padre había participado junto a Franco en aquel lejano y sangriento desembarco en el norte de África.

De aquellos últimos años, María guardaba una imagen más apacible, más serena que nunca de su padre. Cuando en las conversaciones de sobremesa María discutía con su marido si había que liquidar el régimen o reconvertirlo y ella apostaba por soluciones tales como meter a todos los ex ministros de Franco en la cárcel, su padre, buscando el momento justo para intervenir, decía: «No metas a nadie más en la cárcel. Para qué». Y ella le miraba, y por un momento se sentía fuera de juego. Pero luego se ratificaba y le decía: «Nada de perdonar, papá. Ellos no perdonaron». Su padre meneaba la cabeza, en silencio, o se encogía de hombros, y bebía un sorbo de vino.

Podía imaginar lo que habría sido para él aquel día de octubre de 1982, al recordar lo que había sido para él el día en que Tierno Galván ocupó la alcaldía de Madrid. En las elecciones de 1977 había votado por él, como María y como su marido y como la mayoría de los militares progresistas que conocían. El PSOE les parecía entonces una opción menos fiable, y Felipe González un jovenzuelo ambicioso e impulsivo. Tierno, en cambio, era un socialista veterano y sensato. Un hombre cabal, como le calificaba su padre, y además, aunque esto no lo decía, alguien con quien compartía la experiencia de haber sido despojado de una dignidad por la que había luchado y que se había ganado legítimamente. También representaba todo aquello que tal vez le había faltado a la República para perdurar. Prudencia, rigor y sentido común.

El día que Tierno llegó a la alcaldía, aunque fuera pactando con los comunistas, de los que no guardaba demasiado buen recuerdo, su padre dejó que la alegría asomara a su rostro de anciano y lo convirtiera en el de un niño. «Por lo menos, el jefe del cementerio donde me van a enterrar será un viejo socialista», dijo, «y no un camisa vieja. Por lo menos, la vida me ahorra ese insulto.» Aquél fue el lamento más explícito a propósito de su suerte que María había oído y oiría a su padre.

Por lo demás, se cumplió su augurio. En julio de 1982, veintiséis años justos después que a su mujer, lo enterraron junto a ella, en aquella tumba del cementerio municipal de la Almudena. Dios o quien fuera, que tan mala vida le había dado, le dio una buena muerte. Se apagó mientras dormía, sin haberse sentido enfermo, a los setenta y nueve años. María no podía dejar de pensar que, sin todas las penalidades que había tenido que soportar, la derrota, el frío y la prisión, aquel roble habría pasado de los cien años. Otro expolio, aquellos veinte años menos, para añadir a la lista.

Se acercaba al instituto, y jugó a prever la conversación que tendrían sus compañeros. El tema sólo podía ser uno. Mayoría absoluta. La UCD, aquel invento para controlar el suave desinflado del régimen, barrida. La derecha, condenada a actuar de simple comparsa. El mañana era suyo, de quienes nunca había sido. Nunca, en cientos de años, porque la República, los hechos lo demostrarían, había sido un experimento vigilado estrechamente por los perros de siempre. Por supuesto ella, como su marido, como todos los demás, había votado al PSOE. Habían seguido a Tierno, qué remedio, en su incorporación al proyecto más grande, el que tenía expectativas. Y en los últimos tiempos, sería para consolarse, veía más aplomo, más solvencia en aquel Felipe González que antes le había parecido un poco charlatán y un poco tahúr. Una sensación que acrecentaría semanas más tarde, cuando a los pocos días de tomar posesión como Presidente del Gobierno, fue a visitar la División Acorazada y María le vio en correcta posición de firmes, envuelto en un abrigo oscuro, rodeado de uniformes caqui. Su padre habría aprobado aquella compostura, y ella la aprobó por él.

Pero nunca había dicho nada, en el instituto. Era hija y mujer de militar, y los militares no podían exhibir sus ideas políticas, ni debían sus mujeres, aunque legalmente pudieran, expresar las suyas para dar pistas sobre lo que votaba el marido. Así era la disciplina, que ella acataba como la que más. Algo que le reventaba era que se pensara que el monopolio de la disciplina y el honor lo tenían los fascistas. Había recibido durante cincuenta y tres años el ejemplo del militar más disciplinado y honorable, un antifascista ferviente que había pagado por ello como muchos de los que ahora se subían alegremente a la ola no podían ni siquiera imaginar.

Había callado, también, aquel día tan difícil como pocos otros, el 24 de febrero de 1981. No le había dicho a nadie que la tarde anterior había despedido trémula a su marido, que salía, de uniforme, para su acuartelamiento. No le había dicho a nadie, tampoco, que el temor a volver a vivir tantas cosas había acudido a sus labios para hacerles pronunciar las palabras: «¿Por qué vas a ir?». Ni lo que su marido le había respondido: «Porque llevo dos estrellas gordas en el hombro y alguien tiene que ayudar a que esta mamarrachada no salga». No le había contado a nadie la noche de angustia, la sensación de que la condena volvía a caer sobre ella y sobre los suyos.

Ahora todo quedaba, por suerte, atrás. Atravesó la verja del instituto y se dirigió hacia la sala de profesores. Eran las nueve y dieciséis minutos. En la sala encontró a dos de sus compañeros, que tenían la hora libre de clases. Los saludó cordialmente. Uno de ellos observó: «Menuda goleada, ¿eh?». Y ella asintió: «Menuda, sí».

Se sentó a ordenar sus notas para la clase. Historia moderna y contemporánea, la de Tercero. El imperio de los Austrias. Aquel imperio harapiento, que treinta años atrás había tenido que falsificar para un puñado de chavales de Huesca, y que ahora podía contar tal como había sido en realidad, o como honestamente lo creía ella, que la historia siempre fue ciencia insegura. ¿Lo apreciarían en su justo valor, los alumnos a los que ahora enseñaba? Tenía sus dudas, y más dudaba que lo apreciaran a medida que pasara el tiempo. Eso la descorazonaba un poco. Había aprendido a perdonar, no del todo, más por sentido práctico que por otra cosa. Pero olvidar, no olvidaría nunca. Y sentía que había que luchar para que ellos, los jóvenes, tampoco olvidaran. Había sido tanta, la infamia, tanto, el dolor, tanto, el atraso y el tiempo perdido.

A las nueve y veinte sonó el timbre y uno o dos minutos después empezaron a llegar a la sala los profesores que habían tenido clase a primera hora. Todos, como María había previsto, comentaban la gran noticia. Unos, los más, con júbilo; algún otro, sin atreverse mucho, dejando entrever lo que le disgustaba. Una de las últimas en llegar fue Dolores, una profesora de Filosofía, de temperamento brusco y desembarazado. Desde la puerta, en voz lo bastante alta como para que no dejara de oírse dentro y fuera de la sala de profesores, aulló: «Vaya mañana oscura para todos los fachas y para todos sus esbirros». Y levantó tres o cuatro veces el puño. Lo hizo mirando descaradamente en la dirección en que estaba María, y ésta sintió que la sangre subía en oleadas a su rostro. Sintió ganas de gritar, de ahogarla allí mismo. Quién era aquella imbécil, a fin de cuentas. Una niñata, hija de un directivo de la Telefónica, de cuando la Telefónica, como todo, era un negociado más del Movimiento Nacional. Una cabra loca que había jugado a las asambleas y a las carreras en la Universitaria, y que un día había pasado unas horas en la DGS, hasta que papá había venido pertrechado con su carné antiguo de la Falange para sacarla de allí y pedir a sus compadres que disculparan la salida de tiesto de la muchacha, estas edades, ya se sabe. Y ahora se creía en condiciones de impartir justicia a diestro y siniestro y darle lecciones a ella. A ella, Dios.

María respiró hondo. No podía darle el gusto. Eran las nueve y veintiocho, y en lo que ahora debía pensar era en estar en clase cuando volviera a sonar el timbre. Recogió sus papeles, se levantó y salió, con un neutro y escueto: «Hasta luego».

De camino al aula, a María la asaltó la duda. Cuántos habría como ella, como aquella pija ignorante y arribista. Cuántos ocuparían en seguida ministerios, gobiernos civiles, direcciones generales. Qué harían con lo que después de tanto sufrimiento se había ganado. «Ya está, Mariquita la fúnebre, aguando la fiesta», se recriminó. Pero antes de atravesar la puerta de la clase, tuvo una intuición áspera, rotunda. Pertenecía a una estirpe que jamás dominaría la tierra, ni siquiera aquel trozo que llamaba su país. Llevaba en el alma la herencia de su padre, la de la integridad, la del idealismo, la del desprendimiento. La herencia inexorable e inconfundible del vencido.

Cerró la puerta, fue al estrado, pidió silencio. Y un día más, frente a aquellos muchachos que acaso nunca la entenderían, cumplió con su deber.

NEGRA HISTORIA DE CARNAVAL (VARIACIÓN SOBRE UN FRAGMENTO DE FERMÍN GALÁN)

Mamá abrió la puerta y encontró al otro lado a Will Smith caracterizado como el cazaextraterrestres de *Men in Black*. Traje negro impecable, camisa blanca, corbata negra, gafas oscuras. En la mano, alzándola como si no pesara, la aparatosa y plateada desintegradora de alienígenas. Cualquier otra, más impresionable, o que no acabara de ver mirándose en el espejo a Tommy Lee Jones, igualmente pertrechado y vestido, hubiera dado un grito de espanto. Pero mamá, que siempre ha sido bastante socarrona, y detallista hasta fastidiar, tan sólo observó:

—Coño, Jonathan, tendrías que haberte pintado las manos. Así eres el negro más increíble que me he echado a la cara.

No pude ver la expresión de Jonathan, porque no me encontraba cerca y porque carezco de la agudeza visual necesaria para distinguir unos ojos tras unas gafas de sol y a través de un par de pequeños orificios. Mamá tampoco debió de verla, pero en seguida añadió:

—Eso sí, debo admitir que tienes buena planta de sobra como para que lo demás resulte bastante convincente.

Y como si en ese momento intuyera que yo lo necesitaba, o quizá por seguir riéndose de nosotros, se volvió y me dijo:

—Tú tampoco quedas mal, Tommy Lee. Con esas pintas y la artillería, vais a hacer que todas se desmayen a vuestros pies.

Como de costumbre (salvo en lo último, que no lo había dicho en serio) mamá tenía razón. Jonathan estaba demasiado pálido para aspirar a dar el pego mientras llevara las manos desnudas, por muy lograda que estuviera aquella careta (como lo estaba la mía de Tommy Lee, dicho sea de paso). Pero en verdad mi amigo tenía tan buena planta como Will Smith, si no mejor; un mérito que le reconozco sin mezquindad porque somos de la misma estatura y semejante complexión, lo que implica que al ponderar su apostura pondero de paso la mía propia.

—Ya te vale, mamá —dije, aunque sabía que era como no decir nada. Nunca acertaba a responderle en condiciones cuando se burlaba de mí, y Jonathan, que era menos desenvuelto y ante ella sufría el lastre añadido del respeto debido a la madre del colega, ni siquiera consideró la posibilidad de replicar.

—Qué tal, tío —murmuró bajo la careta, dirigiéndose a mí y omitiendo, más por azoramiento que por descortesía, cualquier forma de saludo a quien acababa de abrirle.

—Bien —informé lacónicamente—. Pasa, que estoy terminando.

Jonathan entró y se vino conmigo hacia mi habitación.

—Jesús, qué hoscos sois los adolescentes —opinó mi madre, mientras nos miraba alejarnos por el pasillo, aunque a los veintiún años que tanto yo como Jonathan contábamos, el término «adolescentes» no era sino una forma más de zaherirnos.

Estuvimos en mi habitación durante un cuarto de hora, preparando el plan de ataque. Aproveché también para buscar y prestarle a Jonathan un par de guantes negros de cuero con los que subsanar la deficiencia que mamá había detectado en su caracterización. Luego nos deslizamos hasta la puerta y, aprovechando que ella andaba ocupada en la cocina, nos despedimos desde el umbral y cerramos sin darle tiempo a infligirnos otra de sus ocurrencias. No quiero que se me malinterprete, aunque éste pueda ser un aspecto marginal del relato: nos caía bien mamá, tanto a mí como a Jonathan, y quizá por el hecho de ser tan joven (aún no había cumplido los cuarenta) y haberme tenido soltera, mostraba una comprensión que me hacía sentir afortunado entre mis amigos. Las demás madres, mucho más añosas, tendían a considerar a la gente de mi generación, salvo raras excepciones, como una manada de psicóticos abúlicos y delincuentes en potencia de los que cabía esperar cualquier desmán. Pero por muy enrollada que fuera mi progenitora, a nadie le hace demasiado feliz que le tomen el pelo o le saquen los colores, aunque lleve una careta para ocultarlos. Y ella tenía una propensión irresistible a tomárselo todo a cachondeo, además de ingenio sobrado para pinchar siempre donde dolía.

Salimos pues a la calle con una sensación de liberación, mientras desde lejos nos llegaba, apenas audible, el «tened cuidado» que mi madre, pese a todo, no podía dejar de proferir. Estábamos en carnaval, llevábamos dos disfraces cojonudos, y teníamos todas las bazas para ser la sensación allí donde entráramos. Jonathan cargaba con una provisión de hachís y yo con la petaca de whisky de malta. Mucho tenían que complicarse las cosas para que no fuera una noche memorable. Y aquí debo decir que lo fue hasta extremos que entonces no podíamos sospechar.

Y eso que los comienzos fueron más bien vulgares. Por la calle nos fuimos tropezando con la fauna de siempre. Frente a sus colores chillones, y sus maquillajes exagerados, nuestra negra sobriedad suponía un contrapunto de casi insoportable elegancia. Frente a sus aspavientos, sus contoneos y sus burdas imitaciones de otros carnavales, ya fueran tropicales o venecianos, nuestro contenido hieratismo de liquidadores nos otorgaba un aire de originalidad y singularidad que ni los más descacharrados y horteras podían dejar de notar con admiración.

Como de costumbre, nos fijamos en lo que nos interesaba. Al lado del payaso disfrazado de carioca, inevitablemente, iba una payasa disfrazada también de carioca. Pero así como el payaso era siempre un payaso a secas, la payasa tenía a veces un bonito ombligo, una pechuga contundente, o un cuello airoso que la desnudez permitía valorar y disfrutar en toda su extensión y sazón. Y también junto al arlequín veneciano solía haber una arlequina, pero así como el tipo no parecía más que un tontaina amanerado y cursi, a la chica la parafernalia arlequinesca de pronto le confería un misterio que, aunque rudimentario y consabido, no dejaba de tocarnos esas fibras que entrelazadas formaban el recóndito tejido de nuestra debilidad viril.

Luego estaban los otros, la chusma de los disfraces groseros, donde se contaban todos los que se cubrían con caretas de políticos o de cantantes pop, los hombres vestidos de mujer, los palurdos disfrazados de hortalizas, monstruos, animales o personajes televisivos. Formaban una turba entre la que discurríamos impertérritos, acatando tan penosamente como quizá en ninguna otra ocasión la regla de convivencia que exige sufrir la presencia de los demás aunque ésta sea insufrible.

Con la ayuda de algún canutito, que íbamos fumando mientras caminábamos, con gestos tan austeros y precisos que nadie habría sospechado lo que se incendiaba entre nuestros dedos de no haber sido por el inconfundible olor, llegamos hasta la primera estación de la noche: el Iguazú. No es un sitio cuyo paisanaje suela gustarnos demasiado, pero la decoración con cascadas que resbalan sobre los espejos de las paredes siempre nos resultó agradable. Allí pedimos los primeros *gintonics*, escuchamos la primera música y nos marcamos las primeras exhibiciones en la pista, abriendo amplios círculos entre los danzantes con nuestras cromadas armas, que centelleaban al reflejar las luces del local. Estuvo bien y nos divertimos bastante hasta que uno de los asesinos búlgaros que hacen de porteros se acercó a nosotros y nos hizo con el pulgar una seña difícil de malinterpretar. Habríamos podido desoírla, naturalmente, pero estábamos en carnaval y nos sabía mal que la familia del búlgaro recibiera en tan festivas fechas la noticia de que Dmtri (u Oleg, o Luboslav) había sido desintegrado por dos cazaextraterrestres. Así que nos echamos nuestras armas al hombro y salimos de allí, con paso firme y en absoluto apresurado, aunque sin perder de vista el rictus del búlgaro por si el sentido común aconsejaba inopinadamente alguna súbita pérdida de la compostura.

Del Iguazú nos fuimos al Saratoga. Un sitio de bastante mal gusto, si había que juzgarlo sin indulgencia, pero donde solían recalar numerosas jovencitas de estimulante variedad étnica. Con los aparejos carnavalescos, la profusión de máscaras y demás zarandajas, costaba apreciar aquella noche los matices de muchas de ellas, pero también la atracción está hecha de aquello que oculto se intuye, se adivina, o se imagina libremente. Otro canutito, otras dos rondas de *gintonics*, y algunas libaciones de mi petaca, nos pusieron en el tono justo para desencadenar la ofensiva. Seleccionamos objetivos, nos dividimos e iniciamos las respectivas maniobras de aproximación. Para que no se diga que soy un cronista complaciente o sospechosamente ditirámbico, anotaré que pinchamos en hueso, y unas cuantas veces. Es lo que tiene atacar con audacia, que a menudo te lleva a morder el polvo. Jonathan, entre otras, lo comprobó con una suculenta mulata. Parecía estar sola, pero en el momento más inapropiado, justo cuando mi compadre se contoneaba ante ella (piernas flexionadas, la espalda hacia atrás e imitando con el arma un movimiento de subebaja bastante significativo), regresó del servicio el hermano mayor de Mike Tyson, que era al parecer el propietario de la bella. Aunque venía disfrazado de Piolín, ello en absoluto disminuía su capacidad intimidatoria, porque la máscara era sólo de medio rostro y dejaba ver una mandíbula que sólo habría podido erosionar un mazo de picapedrero.

Mi suerte no fue mejor. Dos o tres me miraron de arriba abajo e incomprensiblemente (mi terno era impecable, mi arquitectura de torso perfecta, mi arma una pasada) se mostraron indiferentes a mi reclamo. La única que entró en la red, una sugerente magrebí, aunque lo bastante poco imaginativa como para disfrazarse de Scherezade, empezó a los dos o tres segundos de tenerla abrazada a gritarme al oído (el volumen de la música imponía esa forma de comunicación) una historia terrible que iba a desembocar, a los pocos minutos, en un ofrecimiento de matrimonio. Desposándola, me aseguró implorante, le haría el favor de sacarla de aquel infierno que acababa de describirme. Es verdad que a cambio prometía fidelidad perruna, obediencia ciega y abstenerse de reivindicar ninguno de los derechos que las mujeres occidentales dan hoy día por supuestos, cosa que aún en mi mocedad e inexperiencia pude columbrar que no dejaba de resultar un valor codiciable. Pero qué le vamos a hacer, yo era aún demasiado joven e irresponsable para comprometerme y tampoco me atraía tener que lidiar con sus presumibles hermanos o primos, así que apenas vi un resquicio salí de estampida.

Me reuní con Jonathan y sincronizamos nuestros relojes.

Eran las dos y veinte y no estábamos, ni mucho menos, satisfaciendo las expectativas. Se imponía empezar a apostar fuerte, echar el resto, jugarse el todo por el todo. Nos fumamos otro petardo a la puerta del Saratoga, admirando la limpieza de la noche. Acto seguido, sin movernos de allí, y sin dejar de escudriñar el firmamento, con nuestras armas siempre prevenidas, vaciamos lo que quedaba en la petaca. Respiramos hondo, carraspeamos, y al cabo de unos segundos de reflexión fui yo el que propuso (pero Jonathan estaba pensando lo mismo):

—Vamos a dejarnos de memeces. Al Mercury.

En la ciudad había muchos sitios, pero el Mercury era *el sitio.* Allí se juntaban el mejor ambiente, el mejor equipo de sonido, la mejor música, el mejor alcohol, las camareras más potentes y, por si todo eso fuera poco, o precisamente como consecuencia de ello, la clientela más sofisticada y selecta. Allí uno no se encontraba niñatos ni niñatas (bueno, aparte de nosotros mismos, cuando nos dejaban entrar), sino gente con una soltura y un *savoir faire* que eran requisito para que se te franqueara el paso. Por eso, lo admito, nos sentíamos un poco tensos cuando nos acercamos a la entrada, mientras escrutábamos los rostros impenetrables de los dos gorilas que estaban de plantón. Pero en ningún momento dudamos, ni por un segundo aflojamos la marcha; avanzamos hacia ellos como si no estuvieran allí, y a la vez sin rehuir sus miradas. Pudo ser esta determinación (o quizá el hecho de que fuéramos vestidos como ellos, que debió de excitar en sus oscuros e impredecibles cerebros alguna simpatía) lo que les movió a apartarse discretamente a nuestra llegada. Aunque uno de ellos, mientras nos dejaba pasar, no se privó de advertir:

—Los bazookas los dejáis en el guardarropa.

Se estaba portando bien, y no era cosa de estropear la fiesta por una nimiedad, así que no le aclaramos que no eran bazookas, sino desintegradoras de alienígenas, y atendimos su sugerencia. Se las dejamos, contra entrega de las correspondientes fichas, a la chica soñolienta que atendía el guardarropa.

Entramos en la sala mientras sonaba, qué mejor recibimiento habría podido imaginarse, la versión de *Sweet Dreams* de Marilyn Manson. Entre las luces, los acordes de la música, y el tentador bullicio multicolor que formaba la concurrencia, Jonathan y yo sentimos un simultáneo subidón de optimismo.

—Aquí triunfamos, tío —dijo Jonathan.

—Sip —asentí—. Pero vamos a hacer algo para que cambie la onda. Algo que nos haga entrar con otro pie.

—¿Como por ejemplo?

—Cambiémonos las caretas.

No sé por qué se me ocurrió esa chorrada, ni mucho menos por qué creí que ello pudiera mejorar nuestra suerte. Pero se me ocurrió, lo dije, y Jonathan, que estaba tan colocado como yo, lo encontró gracioso, así que se arrancó la jeta artificial que tapaba la suya auténtica, se sacó los guantes que disimulaban su ascendencia aria, y medio minuto después yo me convertía en Will Smith y él en Tommy Lee Jones. Así permutados, y por mi parte, estúpidamente animado por el cambio que suponía mi migración racial, nos acercamos a la barra a pedir los que iban a ser, esta vez sí, los últimos y definitivos *gintonics* de la noche.

Los vaciamos en apenas tres o cuatro tragos, nos miramos y nos internamos con decisión en la pista. Estábamos en el lugar más complicado, allí donde la lógica decía que con mayor motivo habíamos de fracasar si habíamos fracasado en los anteriores. Pero a la vez estábamos tan borrachos como para creer que cualquier acontecimiento absurdo resultaba posible, y la fe es la que consigue que el ser humano alcance lo único que justifica su existencia: aquello que no merece ni le corresponde.

Que nadie me pregunte cómo sucedió, porque no sabría responderle. El caso es que pocos minutos después (que nadie me pida tampoco que precise cuántos), Jonathan sujetaba por la cintura a una inconcebible rubia disfrazada de valquiria, con el rostro semioculto por un antifaz escarlata. Sumando el casco alado a su estatura natural la chica rozaría el uno noventa de apabullante mujerez. Yo, por mi parte, había establecido contacto visual con una mujer también grandota y rotunda, aunque morena de cabello. Armada con el proverbial pero siempre eficaz disfraz de madrastra de Blancanieves (mejorado con un espectacular escote que le dejaba los hombros al descubierto), suponía una tentación por la que al punto me sentí capaz de llegar al crimen y a la abyección más extrema. Pero no hizo falta, porque en seguida me demostró que se había fijado en mí, y no sé si es que le ponía Will Smith o el traje negro; el caso es que sin apenas preliminares se acercó con paso resuelto hasta donde yo estaba y empezó a bailar ante mí con unas sacudidas que hacían temblar bajo el corpiño sus pechos generosos y volcánicos.

Nunca olvidaré ese instante. Sonaba a todo volumen *Das Modell*, en la versión de Rammstein, mientras aquella proa impúdica surcaba el aire viciado del Mercury, alborotándose con cada golpe de la percusión. Su sonrisa se dibujaba en rojo en el hueco que la máscara le dejaba a la boca, y las brasas de sus ojos ardían bajo las finas cejas de la bella madrastra. Me producía una rara sensación, como si la conociera de siempre. Lo que quedó claro fue que aquella mujer era mía, si la quería, y vaya si la quería. Todo el alcohol y todo el deseo acumulado de la noche se agolparon en mis zarpas y la aferré por el talle. Como yo había esperado, como ya sabía, ella se dejó hacer, echando la cabeza hacia atrás, colgándose de mis brazos y abandonando su equilibrio a la fuerza con que la sujetaban mis dedos.

No tardamos en encontrarnos los dos solos en uno de los reservados del Mercury. Fue una conjunción salvaje, por su parte no menos que por la mía. Nuestros cuerpos chocaron, nuestros labios se atornillaron, nuestros dientes hicieron saltar chispas. Yo maniobraba bajo su falda, ella, bajo mi pantalón. Gemidos animales escapaban de nuestras fauces. Aunque las dos máscaras permitían acceder a la boca, pronto se hizo evidente que iba a ser muy incómodo seguir besándose así. No me lo pensé ni un segundo y me arranqué el careto de Will Smith, he de confesar que sin ningún pudor y con un hondo alivio.

—Deja que te quite la tuya —jadeé, en cuanto lo hube hecho.

Entonces ocurrió algo que no esperaba. La madrastra de Blancanieves denegó violentamente con la cabeza y se sujetó la máscara. Traté de arrebatársela, pero sus dedos la asían con fuerza sobrehumana. «Qué demonios», me dije entonces, «si no quiere que la vea, no la veré, lo que yo quiero es cepillármela». Y olvidándome de la careta, reanudé el ataque. Pero noté que de pronto tampoco estaba por la labor, con incógnito o sin él. Sus piernas se cerraban, el brazo con el que no apretaba contra su rostro la faz postiza de la madrastra me rechazaba y trataba de impedirme que la abrazase. Pero calculaba mal sus fuerzas, y calculaba mal también acerca de lo borracho, desesperado y enardecido que yo estaba. No voy a contarlo como una hazaña, porque sé que no lo es. Mientras sonaba *Zan*, de Dir en Grey, una música que ya difícilmente podré olvidar, vencí la fuerza de su brazo, abrí sus piernas, e hice con ella lo que a aquellas alturas sólo a tiros habrían podido impedirme hacer. Mientras yo iba y venía, enfebrecido, ella temblaba, sollozaba, gemía; en fin, tantas cosas que desde este instante de frialdad en que lo recuerdo sólo pueden producirme, como imagino que al lector, una impresión ominosa. Pero cuando acabé, ebrio de lujuria y placer, aún cometí con ella una postrera indignidad. Quise terminar de poseerla, acaso de humillarla, arrancándole la máscara, robando no sólo el sabor de su carne que había rendido a la mía, sino también aquella identidad que ella deseaba mantener oculta.

Tiré con todas mis ganas, y la desenmascaré al fin. Y ahí fue cuando sucedió algo que me dejó sin habla. Bajo las facciones implacables y extrañas de la madrastra de Blancanieves, apareció el rostro atormentado y familiar de mamá.

Desde entonces, se han enrarecido mis relaciones con las dos personas a quienes más quiero, mi amigo Jonathan y mamá, cuyos cuerpos se habrían encontrado en aquel u otro reservado del Mercury, no sé si felizmente o no, pero sí sin causar tan inmenso estropicio, si a un imbécil que yo me sé no se le hubiera ocurrido proponer un inoportuno cambio de caretas.

OPERACIÓN TERMÓPILAS

Die Wahrheit ist eben kein Kristall, den man in die Tasche stecken kann, sondern eine unendliche Flüssigkeit, in die man hineinfällt[1].

ROBERT MUSIL, *Der Mann ohne Eigenschaften*

1. LA VISIÓN

Soy un hombre gordo. Y no me engaño al respecto.

Un momento, parece que no me ha entendido bien. Antes de que siga mirándome así, se lo explico. No insinúo que el dato de mi gordura pudiera llegar a cuestionarse. Cuando tu perímetro abdominal supera en treinta centímetros a tu perímetro torácico, hace falta estar muy atontado para poder sustraerse a la evidencia. Y me he acusado de ser gordo, no imbécil.

1. La verdad no es precisamente un cristal que uno pueda guardar en el bolsillo, sino un líquido infinito en el que uno cae.

A lo que me refiero es a que nunca me he engañado respecto de la clase de gordo que soy. Quizá no se haya parado a pensarlo, pero hay varias clases de gordos. Está, por ejemplo, el gordito feliz, ese que anda siempre con un trotecillo ligero, el culo respingón y la barbilla adelantada, como si la panza tirara de él hacia algún sitio. Está el gordo bonachón, ese que sonríe a todo el mundo y deja que los niños se suban a él, para disfrutar de la cálida envoltura de su cuerpo mullido y acaso mearle encima. Está el gordo atribulado, ese que camina despacio, bamboleándose de un lado a otro, siempre resoplando y con cara de conflicto interior. Pero yo no soy ninguno de ésos. De todos los gordos posibles, yo encajo en el prototipo que menos adhesión suscita. Soy sin duda alguna, y lo admito abiertamente, un gordo repugnante.

Creo que en esto de los gordos (y disculpe si le aburro, pero es un asunto sobre el que he reflexionado mucho, por serme de tan directa incumbencia) el quid de una correcta clasificación no está, por cierto, en el calibre corporal ni en el aspecto del individuo. El calibre puede variarse en poco tiempo con una dieta drástica, y el aspecto depende mucho de la indumentaria, el corte de pelo y otros detalles puramente contingentes. Uno no es, por tanto, un gordo repugnante en función de su tamaño o de su circunstancial falta de lustre. Observe que yo visto bien y estoy bastante aseado. Tampoco se trata de una cuestión de actitud, es decir, que no por ser más simpático se pasa a ser una especie menos abominable de gordo. Todo el mundo es alguna vez simpático, siempre que se relacione con alguien de quien espere algún beneficio. En mi opinión, la clave del tipo de gordo ante el que nos hallamos está, por encima de otros factores, en el origen de su gordura.

Yo soy un gordo repugnante, ante todo, porque el origen de mi gordura es repugnante. Y eso no puedo cambiarlo haciéndome los trajes a medida en Londres, a trescientas mil la pieza, ni observando un comportamiento exquisito, ni siquiera encontrando entre los endocrinos de esta ciudad a algún taumaturgo que me ayude a bajar cuarenta kilos y veinte centímetros de tripa. Mi gordura es el fruto de mis pecados, y los pecados, aunque uno sea capaz de creer en un Dios que se los perdone, dejan en la memoria de quien los cometió una huella irreversible. Sobre todo si son tantos, tan sórdidos y tan reiterados como los que yo he cometido. Ahora sé, o sé desde hace tiempo, que estoy condenado a morir siendo un gordo repugnante, y que cada día que me levante y me ponga desnudo ante el espejo miraré y veré en él, chorreando de mis michelines, la repulsiva sustancia de mi gordura.

Veré los kilos y kilos de *foie* que pasaron por mi estómago; los cabritos, los cochinillos, los chuletones de buey semicrudos que fueron trizados por mis mandíbulas; los litros y litros de coñac francés, whisky escocés y vino de Ribera que obligué a filtrar a mi hígado; las tartas, las trufas, las frambuesas y la nata con que me relamí, tras arrancarlas de cucharillas de plata, en el sopor de tantas sobremesas sobre manteles de hilo blanco.

Su cara resulta muy elocuente. Viene a decir: «Son las tres, no he comido, ¿a qué me tortura ahora con este repertorio de delicias culinarias?». O quizá algo más simple: «¿Y qué tiene todo eso de repulsivo?». Elijo la segunda pregunta, y le contesto: lo repulsivo es la complacencia con que llegué a comer todo eso, y el tamaño que dejé que alcanzara esa complacencia frente al resto de mi vida. Lo peor de todo, a fin de cuentas, no es que me haya convertido en un gordo repugnante. Hasta cierto punto, eso sólo es un síntoma. Lo peor es la degradación en que dejé que cayera y se aniquilara todo lo que alguna vez pudo inducirme a respetarme como ser humano. O como ser vivo, simplemente.

Quiero contarle algo. Hace un par de días tuve una visión. Fue tan clara que por poco me deja ciego. Ocurrió en la inauguración de la exposición, un acto minuciosamente urdido para que tuviera la dimensión y el esplendor deseables. No me había encargado yo de organizarlo, pero sé cómo y dónde escoger lacayos y no abrigaba la menor inquietud sobre el particular. Para que tenga toda la información, le diré que se trataba de una exposición de fotografía, y que el fotógrafo era alguien de quien el catálogo afirmaba que poseía un ojo especial para captar la esencia de los paisajes naturales, el pulso febril de la ciudad y el alma profunda de los hombres y mujeres sobre los que apuntaba su objetivo. Con algo más de conocimiento de causa que el gilipollas muerto de hambre que escribió el catálogo, yo puedo decirle que las fotografías eran una birria, chapuzas hechas al azar o al paso en vacaciones apresuradas, sin arte ni intención. Puedo juzgarlo porque en mi juventud fui muy aficionado a la fotografía, y hasta llegué a hacer algo interesante. Puedo certificárselo porque el desaprensivo que hizo las fotografías de la exposición fui yo mismo.

Allí estaban todos. Me refiero a todos los que esa noche

habían calculado que era una buena ocasión para lamerme el culo. Llegué con mi mujer, una persona siempre malencarada y áspera (aunque hace treinta años era una jovencita deliciosa), y apenas entramos, todos empezaron a ponderar sin pudor lo guapa que iba. Ella se dejó hacer, mientras me vigilaba con el rabillo del ojo. Yo me puse a departir con los que anduvieron más diligentes, Honrubia y Sáez-Torres, dos tipos listos e ingeniosos que saben cómo adularte sin que resulte demasiado burdo. Me apetecía.

Fue muy poco después, mientras oía el laudatorio discurso del profesor de la facultad de Bellas Artes comprado para la ocasión, cuando tuve la visión que le digo. Vi el desaliño, la torpeza de aquellas fotos, y de repente, no sé por qué, me acordé de otra: de una que había hecho de joven en Lisboa, frente al Tajo, una tarde de tormenta. Aquélla sí que era una obra de arte, y nunca se había expuesto. Ahora tenía el poder de conseguir que todos se inclinaran ante mi basura, pero no el de hacer aquella fotografía. Como podía cepillarme, y me cepillaba, a las modelos más macizas y apetecibles, pero tampoco podía ya enamorar a una mujer. Me faltó el aire, sentí un vacío en el corazón. Aunque nadie lo notó, ahí fue donde supe que me había convertido en un desecho. Y desde entonces, esa conciencia es la que guía mis pasos.

Soy un gordo repugnante, sí, porque he comido como un cerdo, pero también porque para conseguirlo he obrado en contra de mis convicciones, he subsistido sin coraje, he rehuido el sacrificio y he dejado que mi existencia fuera todo lo que no había planeado el muchacho libre y generoso que algún día fui.

Ya está. Ya lo he dicho. Esto es lo importante, lo más importante de toda mi vida. Lo que nunca me había oído decir así, en voz alta, aunque lo había pensado tantas veces. Lo he dicho. Y es un alivio inconmensurable, la madre de todos los alivios. Moriré siendo un gordo repugnante, sí, pero no un impostor.

Ya, ya, comprendo su disgusto. No es esto lo que usted quiere oír. No es para esto para lo que sigue aquí, sin comer, y tiene también sin comer a la chica. Lo sé. De lo que tengo que hablar es de lo otro, del incidente. Muy bien, Señoría, acepto la carga que me corresponde. Lo mejor será empezar por el principio.

2. La idea

No sé, Señoría, si usted valora en mucho o en poco la eficacia terapéutica del sueño nocturno. A mí siempre me pareció inmensa, insustituible, sobre todo en el orden moral. Tras una jornada desalentadora o aciaga, mi único remedio solía ser derrumbarme sobre la cama y dejar que el sueño borrara las nubes del horizonte. Nunca he creído que uno pueda encontrar ayuda en los demás, porque los demás nunca aciertan a entender debidamente nuestros problemas ni, en el fondo, tienen otra aspiración que mantener indemne su propia vida. Quizá por eso preferí confiar siempre en ese tipo que llevamos dentro y que toma el mando durante las horas de inconsciencia. A él me encomendé, con una vieja cobardía, cuando llegué a casa tras la inauguración de la exposición. Pero por alguna razón infausta mi salvador habitual estaba aquella noche abocado a fallarme, o acaso había sido él mismo, y ésta es una hipótesis que he considerado con aprensión, quien harto ya de socorrerme había decidido enviarme una señal de asco ante la ostentosa exhibición de mis bodrios. En cualquier caso, lo cierto es que el sueño no reparó en absoluto mis heridas. Al revés.

A la mañana siguiente llegué a mi despacho con el cerebro embotado, los ojos escocidos y un humor de perros. Lydia, mi suntuosa secretaria, se olió la tostada al instante y procuró reducir al mínimo el contacto. Me trajo la carpeta de las firmas, los diarios de la mañana ya explorados y la agenda de la jornada en un pulcro folio impreso en color. Acto seguido desapareció, dejándome envuelto en un jirón del costosísimo aroma francés que le sufrago, como sufrago su ropa de alta costura y sus productos hidratantes. La presencia de Lydia es un elemento cuidadosamente calculado para proporcionarme confort. Pero aquella mañana su mirada ausente me produjo un violento acceso de acidez.

Mientras devanaba el vago pensamiento de ponerla en la puta calle, porque a fin de cuentas Lydia ya ha cumplido los treinta y comprarme otra más joven que estuviera igual de buena supondría un gasto irrisorio, aparté la carpeta de las firmas y manoseé mecánicamente los diarios. Mis dedos toparon con uno en el que había una página marcada con una pestaña adhesiva de color rosa. Tiré de ella y apareció ante mis ojos algo que me puso el estómago del revés. Bajo una inmensa reproducción de la más tosca de las fotografías de mi exposición, podía leerse a cuatro columnas una reseña del magno acontecimiento. Conocía a quien la firmaba, por supuesto. Uno de esos vagos inmundos que no saben hacer nada útil y que con tal de no trabajar maniobran como anguilas, bajo coartada de sus presuntos saberes, para acumular canonjías codiciables. El individuo en cuestión hoza a mis expensas como director de una de las fundaciones culturales que instituí para disfrazar gastos y ahorrar impuestos. Yo no le había pedido que escribiera aquello, pero él intuía que acaso lo esperaba y se había apresurado a alumbrarlo y hacerlo publicar.

Me precio de tener buena memoria, y no es vana presunción. A esa facultad debo mi brillante expediente académico y no pocas de las ventajas de las que he disfrutado en la vida. En este caso, me vale para algo mucho menos provechoso: para acordarme palabra por palabra de lo que escribía, con la más jabonosa de las intenciones, aquel docto soplapollas. Le citaré el comienzo.

Para quienes ya conocíamos a Roberto Viana como poeta (recordemos su celebrado Las aristas de la esfera*), ensayista (de obligada cita su crucial* El mono perplejo-Sobre el compromiso en la sociedad postmoderna*), dramaturgo (con aquella pieza memorable,* La claudicación de Angus*) y artista plástico polifacético (con numerosas y variadas exposiciones en su haber), no constituye en el fondo una sorpresa asistir al sutil despliegue de talento y observación de la realidad que representa la exposición fotográfica retrospectiva (1980-2000) inaugurada ayer en la sala de la Fundación Marga Sarabia de Viana. Aproximándose al ideal de hombre total de Leonardo, este notable artista e intelectual, a la vez que conspicuo empresario, nos muestra en el centenar de foto-*

grafías que reúne la exposición que, al margen del medio elegido, la única sustancia artística de primer orden es la mirada que hay detrás de la obra. No carece desde luego Viana de la pericia técnica que inexcusablemente exige la empresa de convertir en instantánea el objeto de su observación; pero por encima de todo impresiona y conmueve...

Para qué seguir. El resto puede imaginarlo, supongo. Lo que quizá no imagina es el sentimiento que me produjo su lectura. Se lo diré: furia. Una furia encendida, enorme, ominosa.

Los elogios que acabo de recordar, y los que venían después, al extender su desmesura no sólo a mis horrores fotográficos, sino a todos los demás abortos que en mi condición de hombre importante y caudaloso subvencionador de parásitos he podido hacer que me toleren y me aplaudan en los últimos años, me sonaron a lo que en el fondo eran: un sarcasmo descomunal. Como si aquel pelotillero, en primer término, y con él muchos más, encontrasen una secreta diversión a costa de que el infeliz de Roberto Viana practicara el vicio patético de darse importancia, en todos y cada uno de los campos en los que había ansiado alguna vez ser algo y había terminado siendo un mediocre digno de conmiseración. Era como el sesentón estúpido que descubre de pronto que la chica de veinticinco años que consiente en yacer con él y llamarle *cariño*, en realidad lo desprecia y aprovecha cuando sale de compras con sus amigas para burlarse de los cómicos esfuerzos del decrépito tigre por parecer un amante volcánico. No me dolía ni me humillaba que se riera de mí un gusano como aquél. Lo que me daba por culo, sobre todo, era haberme colocado yo, al amparo y con el concurso de mi poder, en la situación de ser compadecido por cualquier mamarracho. Nada de eso habría sucedido si hubiera pagado a un negro para que escribiera mis poemas o le arreara al mármol. Habría sido un antojo nimio, como ir de putas o comprar un Jaguar. Lo bochornoso, Señoría, era que todo lo había hecho yo, y que lo había hecho con la ilusión (espuria, insostenible, grotesca) de estar cumpliendo mis más altas aspiraciones.

En condiciones normales, habría dado salida a mi ira aplastando como una cucaracha a quien la había desatado, con culpa o sin ella. Pero el hecho de que el firmante de aquel artículo siga siendo todavía hoy el director de la Fundación Educativa Viana, acredita que lo que me estaba sucediendo no era normal. Lo que resolví, al cabo de media hora de concienzuda meditación, fue también algo insólito; algo que tenía que ver con lo poco valioso que había poseído, y luego dejado por el camino. Así fue como surgió, Señoría, la idea que al final había de conducirme hasta aquí.

Llamé a Lydia y le di dos órdenes. Una, que cancelara toda aquella mierda de colores que se leía sobre el folio impoluto que me había pasado al principio de la mañana. Dos, que me localizara a Bernabé Timón y Alfonso Inurria y me pusiera a la mayor brevedad con ellos. Lydia apuntó sin pestañear el primer nombre, pero el segundo hizo que sus bien delineadas cejas se alzaran medio centímetro. Dejó pasar unos segundos y con su voz cristalina murmuró: *El señor Inurria, ¿de dónde?* De otro mundo, le contesté, y dejé que se jodiera. Si no era capaz de encontrarlo con esa pista, aceleraría su reemplazo por una ninfa de última generación. Ya estaba bien de darle carrete a aquella sabihonda.

3. Aquellos que fuimos

¿No ha querido nunca retroceder en el tiempo, Señoría? Yo sí. Hasta los treinta o los treinta y cinco lo deseaba constantemente. Oía una música de antaño, pasaba por un paraje de mi adolescencia, veía a una chica que se daba un aire a otra chica de entonces, y me entraba un ansia irrefrenable de acariciarla y de sentir la dulce impunidad de aquellos años más jóvenes. Entre los treinta y tantos y los cincuenta, dejé de sentir esta pulsión retrospectiva. Muchas cosas requerían mi atención en el presente, y muchas apetencias de juventud parecían ser realidades en mis manos. Tenía éxito, conducía buenos coches, usaba buenas mujeres. Ahora que voy a cumplir cincuenta y uno, regreso al principio. Me dejaría cortar cualquier cosa, con tal de volver a tener dieciocho años e intentarlo otra vez. Con menos suerte, con más verdad.

Bernabé Timón y Alfonso Inurria, los dos fantasmas que le había pedido a Lydia que convocara a mi teléfono, eran mis camaradas de entonces. Con ellos había ocupado un banco en la facultad, había rodado por mil tugurios, había compartido chicas estrechas y esquivado gozosamente las largas porras de los grises a caballo. Con ellos había hecho todos los planes después incumplidos, y también los que creíamos haber logrado realizar. A los tres nos gustaba escribir poesía, montar teatro y ver películas francesas. Los tres soñábamos con la redención de los humildes, el desmantelamiento del poder inicuo y la evaporación de las aguas heladas del cálculo egoísta, en las que según Engels y Marx el capitalismo había sumergido a Europa y a Occidente. Y los tres lo habíamos traicionado todo luego, cada uno a su manera.

Para Lydia lo más fácil era pasarme a Bernabé. Lo logró a los dos minutos escasos. Con él hablaba a menudo, porque teníamos algunos asuntos a medias, y también nos veíamos ocasionalmente. A Bernabé le había ido casi tan bien como a mí. La única diferencia era que él no estaba gordo, porque siempre había sido un maniático del deporte y del cuidado corporal, pero tampoco era ése un matiz demasiado significativo. Gordo o flaco, Bernabé también se había convertido en un miserable. Como yo mismo, era un individuo ególatra, adocenado y satisfecho. Cuando oí su voz en el auricular, tuve que hacer un esfuerzo para saludarle como siempre, quiero decir como siempre en los últimos tiempos, porque no estaba pensando en él, en el correoso y monótono tiburón inmobiliario que ahora era, sino en aquel insensato irresistible que con veinte años me había contagiado, entre otros, el gusto por mear contra todo lo que simbolizaba autoridad, desde el pedestal de la estatua ecuestre de Franco en Nuevos Ministerios hasta la pared de la Real Academia Española de la Lengua.

Pese a todo, me sobrepuse y conduje rápidamente la conversación, porque todavía hay mañas en las que soy diestro, hasta el extraño punto que me interesaba. Cuando le hice mi proposición, Bernabé se quedó completamente descolocado.

No esperaba menos. Era una extravagancia absoluta, algo que casi podía hacerle recelar de mi salud mental. Así pareció considerarlo durante unos segundos, pero no permití que se recreara en ello. Le ataqué con una de nuestras consignas de entonces, una que todavía, aunque quizá por razones distintas de las originarias, podía seguir teniendo sentido para él. Frente a sus dudas, alegué el viejo conjuro: *¿Qué te lo impide?* Y añadí: *¿O es que acaso te da miedo?*

Aunque no demasiado convencido, Bernabé sucumbió a aquel malévolo planteamiento de la cuestión. Quedamos a las seis. Sólo me faltaba que Lydia encontrara al tercer mosquetero.

Lo consiguió a los quince minutos. La verdad es que no era del todo difícil, aunque Lydia no tuviera ni la más remota idea de quién era Alfonso Inurria. Aparte de ostentar un apellido infrecuente, poseía un número de teléfono que constaba en los repertorios de acceso público y que no habría podido dejar de constar. Era el número de su despacho de abogado laboralista.

Ese título, «abogado laboralista», era la coartada de Alfonso para seguir creyendo en su romanticismo. Estaba en magníficas relaciones con la cúpula de un sindicato, para el que defendía personalmente las grandes cuestiones, conflictos colectivos de postín y negociaciones con la patronal. Pero su despacho, una máquina potente y bien engrasada, ventilaba todo tipo de asuntos individuales, siempre que fueran lucrativos. Y solían serlo, porque para eso tenía a varios pasantes con sueldos de miseria, que eran los que se encargaban de los despidos de pringados, y a tres o cuatro ayudantes mejor pagados y más curtidos, especialistas en los rentables despidos de pudientes o la no menos rentable representación de los intereses de las empresas. Lo gracioso del caso no era que el despacho de Alfonso defendiera a unos y a otros, a los que despedían y a los que eran despedidos. Ambas eran actividades lícitas, y ambos tenían derecho a un abogado. Lo hilarante era que siguiera yendo de Robin Hood, y que las cuatro o cinco veces que habíamos hablado en los últimos diez años se hubiera empeñado en mantener orgullosamente esa pose frente a mí.

Esta vez no hizo una excepción. Su saludo, una vez que Lydia se las arregló para ponerme con él, fue escueto e inequívoco: *¿Qué coño quieres, Roberto?* Pero no dejé que su dureza me impresionara. Nunca le había reconocido el derecho a tratarme con esa displicencia. Me había hecho rico, sí, pero él también, aunque no lo fuera tanto y prefiriera conducir él mismo su Mercedes. No era porque no pudiera pagarse un chófer. Él seguía siendo rojo, juraba. Y qué. Yo también seguía jurando lo mismo, y hasta creyéndomelo. Jurar y creerse cosas lo puede hacer cualquiera. Si alguien me hubiera dicho que mis empleados no tenían unas condiciones laborales dignas, habría respondido con convicción lo mismo que él: que daba empleo en las condiciones que el mercado me imponía, porque no se puede ir más allá sin comprometer el futuro del negocio, que también es el futuro de los puestos de trabajo. En suma, que lo último que estaba dispuesto a aceptar eran lecciones morales de mi ex amigo y compañero Alfonso Inurria.

Pero de nuevo, como unos minutos antes con Bernabé, no era aquel Alfonso Inurria, próspero abogado entregado a conciliar en una benigna imagen de sí mismo sus disyuntivos intereses, a quien tenía en la mente. Ni siquiera juzgaba esa actitud suya con gran severidad, porque en el fondo cualquiera, y especialmente cualquiera que haya cumplido cincuenta años, intenta salvar la cara ante sí mismo y encubrir sus contradicciones. A quien yo recordaba, a quien yo quería hablar, era a otro Alfonso Inurria. Al que siempre sostenía con una gravedad enternecedora que teníamos el deber de dejar un mundo menos nauseabundo que el que nos habíamos encontrado. Al que se sabía de memoria todos los poemas de Cavafis, y al final de cualquier borrachera recitaba, cómo no, el que lleva por título *Termópilas*. Al que le temblaban las piernas, la voz y todo lo temblable cuando Bernabé le ponía en suerte a alguna de las turbadoras amigas de su hermana.

A ése le hablé, a ése busqué tras el parapeto de alambre de espino que tenía levantado el abogado. Alfonso primero se asombró, luego se burló, después me dijo que no tenía tiempo para darle caprichos a un par de ricachones. Encajé todos sus sarcasmos, con paciencia, hasta que le oí decir lo que me interesaba: *Está bien, me lo tomaré como una experiencia surrealista.* Colgué con un irreprimible placer. Lo sabía. Sabía que ninguno, por mucho que se hiciera de rogar, podría resistirse a la llamada de la selva.

4. ¿Cuánto vale un billete de metro?

La cita era a las seis y la había sometido a una serie de reglas. Primera y más obvia: venir solo. Segunda: llegar a pie.

No podía impedir que alguno de ellos trajera el coche hasta las inmediaciones, pero allí donde lo aparcaran se quedaría hasta el día siguiente. Durante el resto de la tarde y la noche prescindiríamos de utilizar otro medio de locomoción que las piernas y el transporte público. Tercera condición: nada de corbata, ni traje, ni cualquier prenda que se le pareciera. Había que vestir de la forma que cada uno considerara más informal. Cuarta y última condición: abandonar en casa las tarjetas de crédito, dejar junto a ellas toda otra documentación salvo el DNI y abstenerse de transportar dinero en metálico en exceso de cinco mil pesetas. La suma la había calculado con toda intención, pero mientras esperaba a mis compadres, bajo el inclemente sol de aquella tarde de junio, me pareció que les había abierto demasiado la mano. En realidad debía haberlo limitado a tres o cuatro mil. Ya no tenía remedio.

El primero en acudir fue, cómo no, Alfonso. Llegó a la hora en punto. Traía unos pantalones Levi's descoloridos y enfundaba su torso, precariamente contenida la barriga, en un polo amarillo Burberrys. Ah, el campeón proletario. Estaba muy bronceado y lucía en la muñeca un Lotus de unas cuarenta mil. Pasable, para un resistente de la utopía marxista-leninista. No salió de las escaleras del metro de Sol junto a las que habíamos quedado. Vino desde la calle de Alcalá, lo que apuntaba que había dejado el coche en el párking de Sevilla. Otra debilidad burguesa.

Alfonso me tendió la mano y se me quedó mirando con cara de franco estupor. Yo vestía unos pantalones de algodón, viejos y bastante arrugados, y una camisa roja de cuadros, sin marca; esta última era una prenda amplia y la llevaba con los faldones por fuera. Alfonso no pudo reprimir el comentario:

—Hostia, Roberto. Pareces un pobre. ¿Es para despistar?

—Dije que lo más informal posible —respondí—. Lo que yo intento es no parecer nada. Veo que tú sí tratas de parecer algo.

—¿Ah sí? ¿Y qué es lo que parezco? —dijo.

—Mejor lo dejamos correr —dije yo.

Alfonso iba a replicarme, pero en ese momento, justo por donde él había venido (otro que había usado el párking, deduje) apareció Bernabé Timón. Su aspecto era digno del meticuloso cuidador de sí mismo que siempre había sido. Pantalón azul marino de raya impecable, mocasines color Burdeos relucientes y camisa Polo Ralph Lauren en tono tostado. Más las gafas de sol graduadas con montura de Armani y el Rolex de acero inoxidable, ahí estaba, incorregible: un auténtico pimpollo cincuentón.

—Hola, Roberto. Hola, Alfonso, cuánto tiempo —dijo, con una sonrisa perfectamente alineada, nívea y postiza.

—Estás realmente irresistible, Bernabé —reconocí—. Pero nadie dijo que fuéramos a salir de caza.

—¿Ah, no? —preguntó Bernabé, con aire decepcionado. Aunque el cabello hubiera huido de su frente y su cara empezase a deformarse en una caricatura siniestra de su rostro juvenil, todavía no se resignaba a dejar de ser el terror de las muchachas.

—Está bien —tomé el control de la situación—. Ahora que estamos todos. ¿Habéis cumplido las condiciones?

—Ya puestos a hacer el chorra, sí —dijo Alfonso, y exhibió, desafiante, el DNI solitario y un billete de mil duros.

—Sí —aseguró también Bernabé, sin mostrar nada.

Por un momento pensé en registrar a Bernabé, pero me pareció un acto excesivamente dramático. Creí en su palabra, y de paso impedí que se planteara la posibilidad de registrarme a mí. Tenía buenas razones para preferir que no lo hicieran.

—Bueno, ¿y ahora qué? —consultó Alfonso, sin desprenderse de aquel aire provocador.

Esperaba que se comportara así, por lo menos al principio, y me había hecho el firme propósito de no irritarme por sus posibles desplantes. Con toda tranquilidad, expliqué:

—Para que tenga sentido, el ejercicio tiene que ser lo más fiel posible. Tiene que parecerse, aunque nosotros ya no nos parezcamos a nosotros, sino a tres dinosaurios engreídos.

—Eh, para —protestó Bernabé—. No hables por los demás.

—Hablo sobre todo por ti —aclaré, con ironía.

—Un momento, Roberto —se picó—. Hemos venido a divertirnos, como dijiste. No a que te diviertas tú a nuestra costa.

—Perdona, hombre —traté de amansarle—. Tampoco te pongas tan susceptible. En los viejos tiempos no lo eras. Volviendo al asunto. Tiene que ser como entonces. Así que iremos en metro.

Ninguno dijo nada, aunque se miraron de una forma bastante elocuente. Eché a andar escaleras abajo y los dos me siguieron, sin mucho entusiasmo. La escena que tuvo lugar poco después, Señoría, fue de veras memorable. Los tres nos quedamos parados en el vestíbulo de la estación, entre las máquinas expendedoras de billetes, los torniquetes y la taquilla a cuyo cargo bostezaba una aburrida empleada. Entre nosotros pasaban a toda velocidad los viajeros que entraban o salían y que introducían sus billetes en los torniquetes, cerraban vertiginosas transacciones con las máquinas o nos dedicaban ojeadas recriminatorias por estar allí en medio, estorbando. Fue Alfonso el que preguntó, cándidamente:

—Eh, ¿cuánto vale un billete de metro?

—Ciento treinta y cinco pelas, abuelo —le informó al pasar una quinceañera con un top celeste y un *piercing* en el labio.

Alfonso no acertó a reaccionar. Nunca fue de reflejos rápidos. Bernabé y yo nos echamos a reír. Podía hacer veinte años que ninguno de nosotros pisaba el metro. Los tres estábamos tan desorientados como pulpos en garaje, pero Alfonso quedaba especialmente desacreditado. Como no llevábamos monedas, fuimos a la taquilla y allí compramos los tres billetes. Un minuto después, ya en el andén, seguíamos observándolo todo como si camináramos por los anillos de Saturno. Y en cierto modo, así era.

Cogimos la línea 3, como habíamos hecho siempre. Seguía siendo el mismo trayecto, y por tanto debía de tratarse de los mismos túneles que habíamos atravesado tantas veces. Pero los trenes que ahora recorrían aquella línea eran muy distintos. Parecían menos amplios, o era que tenían más asientos y menos espacio disponible para los que iban de pie, como nosotros. Aquél no era, desde luego, nuestro metro. Allí éramos unos alienígenas, y como tales nos observaban los demás pasajeros, los que volvían de trabajar, los estudiantes, los muchos inmigrantes de todas las razas que ahora se veían en el ferrocarril subterráneo.

Bajamos en la estación de Moncloa, que tampoco era la de hacía treinta años. Ahora había lo que llamaban un intercambiador de transportes, un invento que a los tres nos resultaba igualmente ajeno y en el que nos movíamos con una singular torpeza. Salir al exterior y ver ante nuestros ojos el conocido camino que llevaba hacia la avenida Complutense fue un inmenso alivio.

—¿Qué hacemos? —preguntó Bernabé.

—Qué vamos a hacer —repuse—. Lo que siempre hicimos. Echemos a andar y que las piernas nos marquen el rumbo.

En ese momento, volvieron a ser ellos. Los de antes, los que yo había querido con toda mi alma. Fue emocionante, Señoría. Cómo obedecieron, cómo se dejaron llevar. Entonces presentí que podría arrastrarlos sin esfuerzo hasta el final de mi oscuro designio.

5. Era tan dulce

Dejamos que nuestras piernas mandasen, y lo que hicieron, sin importarles los treinta años transcurridos, demostrando guardar intacta la memoria que nuestro cerebro apenas conservaba, fue recorrer el camino que conducía hasta nuestra vieja facultad. Bajamos por tanto por la antigua ruta del tranvía hasta la avenida Complutense; en la esquina torcimos a la derecha, rebasamos Medicina, llegamos hasta Ciencias, cruzamos a la izquierda, dejamos atrás Filosofía y desembocamos ante nuestro objetivo.

Durante todo este trayecto, ninguno dijo nada. A todos nos asaltaban en oleadas los recuerdos. Los estudiantes que ahora caminaban por allí no se parecían en mucho a los de antaño en la indumentaria, pero los tres mirábamos los rostros, todos y cada uno de los que nos cruzábamos, y en ellos tratábamos de encontrar la imagen, el rastro de aquellos otros. Buscábamos facciones perdidas, y entre ellas quizá las que nosotros mismos habíamos dejado de tener. Los estudiantes, ajenos a la razón de nuestro impertinente escrutinio, nos miraban con reprobación. Sobre todo las estudiantes, que eran a las que Bernabé dedicaba un mayor interés. Una de ellas llegó a comentar con su compañera:

—¿Has visto qué tres? ¿De dónde se habrán escapado?

Hicimos como que no lo habíamos oído. Era triste ir por allí, por donde tantas veces habíamos ido juntos, sabiéndonos los dueños del territorio, y comprobar que los que ahora lo eran nos consideraban una anomalía, unos fósiles fuera de lugar. Era doloroso admitir que era así, que nos habíamos convertido en tres paquidermos cuya conjunción resultaba demasiado aparatosa y deplorable para pasar inadvertida. Pero constaté ambas circunstancias con una íntima satisfacción. Era precisamente eso, esa tristeza y ese dolor, lo que quería que ellos sintieran.

Entramos en la facultad. Algo, al menos, no había cambiado. Seguía siendo igual de tenebrosa. La mayoría de los alumnos que había por allí, dadas las fechas, entraban o salían de exámenes. Se percibían los nervios de última hora en los que revisaban a toda prisa los lóbregos textos subrayados, el respiro de los que habían terminado la prueba bien, la angustia de los que la habían cagado y tendrían que volver a presentarse. Más de tres cuartas partes del alumnado eran féminas. Bernabé observó, complacido:

—No hay nada como Derecho. Y va a mejor. Esto es un harén.

—Vienen a sacarse el título —dijo Alfonso—. Y son pragmáticas. Ya ni piensan en los pobres capullos que se sientan con ellas, sino en quienes puedan mejorar sus oportunidades en la vida.

—¿En alguien como tú, por ejemplo? —pregunté.

Alfonso quiso por un momento ofenderse. Pero hubo de comprender que su enojo, entre aquellos muros que nos habían visto despotricar libremente contra todo lo divino y lo humano, habría resultado demasiado risible, además de una blasfemia contra la sagrada irresponsabilidad juvenil. Así que sólo dijo:

—Pues sí, por ejemplo.

—Si me dejáis un cuarto de hora, todavía me pesco algo —fanfarroneó Bernabé, siempre dispuesto a competir.

A diferencia de ellos, yo no tenía ninguna duda acerca de mi radical inhabilitación para respirar el mismo aire que aquellas muchachas, al margen de la posibilidad, absurda y delictiva, de valerme de algún recurso de otra índole para propiciar que alguna de ellas se aviniera a soportarme. Por eso dije:

—Adelante, Bernabé, te damos el cuarto de hora. Alfonso y yo lo vemos desde aquí. Y te aplaudimos si lo consigues.

Me senté en un banco. Bernabé se me quedó mirando como si le hubiera cogido fuera de juego. Sin apiadarme, insistí:

—Lo digo en serio. Nadie te lo prohíbe. Y no tenemos prisa.

Tenía curiosidad por ver cómo salía del paso. Pero la defraudó. Dejó escapar una risa nerviosa y dijo:

—Era una broma. No me van las crías.

A otro podía haberle engañado. Pero yo sabía que estaba representando el papel de la zorra de la fábula, cuando declara que las uvas están verdes. Pobre Bernabé. Con lo que había sido.

Fuimos al bar. Allí habíamos jugado miles de manos de mus y bebido metros cúbicos de cerveza, aprovechando todas las clases en las que un cretino dictaba apuntes que alguna niña con buena letra, y a la que Bernabé podía engatusar, tomaba religiosamente, eximiéndonos con ello de asistir a la plúmbea ceremonia. El ambiente estaba bastante cargado y no fue nada fácil encontrar una mesa libre. Cuando al fin nos agenciamos una, fui a la barra a comprar tres tercios, que me fueron despachados con recelo. Pero si habíamos de seguir con el plan, teníamos que apañárnoslas para no dejarnos afectar por aquellas miradas reticentes. Cuando brindamos los tres, entrechocando los botellines, los que nos rodeaban nos observaron como a unos intrusos de mal gusto. Lo que éramos.

—Joder, ¿qué hemos hecho con estos treinta años? —dijo Bernabé.

—Eso depende de cada quien —se apresuró a juzgar Alfonso, con su irreprimible superioridad moral.

—No, no depende —me opuse—. Con los años los tres hemos hecho lo mismo. Perderlos.

—Es verdad —dijo Bernabé, soñador—. ¿Os acordáis? Desde que he entrado aquí, no me lo puedo quitar de la cabeza. Era tan dulce la vida, cuando no teníamos nada más que el tiempo.

—Y principios. Te olvidas de los principios —graznó Alfonso.

Me había jurado no enfadarme con él, pero estaba empezando a ponerse fastidioso y eso había que cortarlo de alguna manera, cuanto antes mejor. Enfrenté su mirada, que era la mirada de un culpable, y sin concederle ni un segundo le embestí:

—¿Qué principios? ¿Los que tú todavía tienes? Tú ya no tienes nada, Alfonso. Ninguno en esta mesa tiene nada. ¿Sabes por qué se perdió la batalla? Porque había gente como nosotros, como tú y como yo, agitando la bandera. Por eso se fue todo al carajo, porque era un chiste, porque sigue siendo un chiste. ¿Qué mierda de revolución puede hacerse contigo y conmigo? Bernabé ha sido mucho más coherente, hace veinte años que devolvió el carnet y desde entonces ya no hace daño. Pero tú y yo sí lo hacemos. Porque predicamos y seguimos yendo de apóstoles, cuando no somos más que Judas Iscariote. Con una diferencia. Judas Iscariote, por lo menos, tuvo los cojones de colgarse. Tú y yo seguimos sobando nuestras monedas de plata. ¿Hasta cuándo, Alfonso?

Encajó el chaparrón, sin atreverse a saltar. Sabía que no

iba a hacerlo. Siempre había sido el más cobarde. Al fin dijo:

—No he venido a someterme al veredicto de alguien como tú.

—Ni yo he venido a juzgarte a ti —repuse—. Todo está ya juzgado, juzgado y sentenciado. Así que bebe y no digas gilipolleces.

—Bebed los dos —intervino Bernabé, conciliador—. Si os va a dar por el petardo ideológico, no va a haber manera de pasarlo bien. Venga, que dentro de ocho años volvéis a ganar las elecciones.

—Eso, dándose muy bien —apostó Alfonso.

—Las elecciones, puede —admití—. Lo demás, lo que importa, no lo creo. Pero Bernabé tiene razón. Menos sermones y más cerveza. Acabaos esos botellines que voy por otros tres.

Nos zumbamos cuatro botellines más por cabeza. Cuando salimos de nuevo a la calle, atardecía y los vapores del alcohol ya enturbiaban lo bastante nuestra mente. Los tres llevábamos una sonrisa en los labios. Era un placer de dioses, Señoría, estar borracho y poder mirar aquello como si todavía nos perteneciera.

6. Pillemos unas tías

Tras una breve deliberación, los tres estuvimos de acuerdo en que lo siguiente era coger el autobús e ir a buscar alguno de los bares de Cuatro Caminos donde solíamos acabar las tardes. Y eso fue lo que hicimos. No dimos exactamente con lo que estábamos buscando, pero un bar en Madrid siempre se encuentra. Allí seguimos bebiendo cerveza y pedimos de comer algo que estuviera al alcance del menguado poder adquisitivo al que habíamos acordado limitarnos aquella noche. Comimos patatas bravas, ali-oli, oreja a la plancha, unos chorizos infames y grasientos.

—Está divertido, esto de salir con poca pasta —apreció Alfonso, que por fin estaba borracho—. Pero si seguimos así vamos a romper la barrera de los cuatrocientos de colesterol.

—¿Tanto te importa? —le pregunté.

—En realidad, no mucho —confesó Alfonso, risueño.

—Oye, Roberto —dijo Bernabé, como si bajara de pronto de las nubes—. Hay algo que siempre me ha intrigado de ti. Y que siempre me ha tocado las pelotas, te lo reconozco. ¿De dónde coño sacas el tiempo para escribir todos esos libros, y para hacer tantas exposiciones y tantas paridas artísticas? Dime que tienes esclavos. Dime que no tengo que sentirme como un tarugo.

No me interesaba hablar de aquello, pero ya que me obligaba, no quise inventar nada. Le solté la verdad:

—Cada día trabajo menos en lo otro, compañero. Cada día les hago menos falta a todas las cosas que he ido acumulando. Andan solas, y creo que andarían incluso aunque yo no quisiera.

—Ya me explicarás el truco —se admiró Bernabé—. Yo sigo currando como una puta mula. Catorce horas al día. Y tú, Alfonso, ¿en qué ocupas el tiempo libre? Porque tú sí que debes de vivir como Dios, con todos los lilis que tienes para llevarte el despacho.

Alfonso le observó con una mirada bovina y respondió:

—Salgo a correr con la moto. Tengo una moto de la hostia.

—Muy bien, colega —aprobó Bernabé—. Como un chaval, di que sí. Por cierto, ¿tú crees que habría en el mercado una moto que pudiera llevar encima a nuestro gran hombre?

Me señaló, y los dos estallaron en carcajadas. Debía aguantarlo, porque así funcionaba el juego. Simplemente alegué:

—A mí las motos me la sudan. Y ya no tenemos edad.

—Bueno, una moto siempre te hace correr la sangre —dijo Bernabé—. Y eso sí, sirve como nada para ligar, ¿eh, Alfonso?

—Se liga más con el talonario —opinó Alfonso, sombrío.

Eran las once y habíamos bebido mucho. En las dos horas que llevábamos en el bar habíamos hablado de las antiguas novias, de las viejas correrías alcohólicas, literarias y políticas, y de todo lo que daba de sí nuestra añoranza. Era el momento en que, si no hacíamos nada para impedirlo, tendríamos que empezar a hablar de nuestros fracasos. Bernabé ofreció una solución:

—Os propongo algo. Pillemos unas tías.

—Una idea cojonuda —dije—. Pero no tenemos moto ni talonario. Sólo vuestro vacile y siglo y medio entre los tres.

—Conozco un sitio donde hay posibilidades —dijo Bernabé.

—¿Quedan en alguna parte tías tan fáciles? —me burlé.

—Vamos —insistió.

—Cerca del metro de dónde. —Saqué el plano.

—Podemos ir a pata. No nos llevará más de media hora.

Alfonso y yo le seguimos. Ésa era otra de las convenciones de los viejos tiempos. Seguir al que tuviera más gas. Bernabé estaba en plena forma, o mucho más en forma que nosotros. A mí, al menos, me vino bien salir al aire libre, y caminar por las calles respirando a pleno pulmón. Bernabé nos llevó hasta la esquina de Raimundo Fernández-Villaverde con Orense. Luego subimos casi toda esta última calle. En una perpendicular estaba el sitio.

—A mí me quedan mil pelas —advertí, al ver la zona.

—Y a mí ochocientas —contó Alfonso.

—Venga, adentro, maricas —ordenó impasible Bernabé, mientras empujaba la puerta y atravesaba el umbral.

Fuimos tras él, qué otro remedio nos quedaba. Se acomodó en seguida en una mesa, como un viejo conocedor. Nos unimos a él, con desconfianza por mi parte, porque acababa de darme cuenta de la clase de lugar en la que estábamos. No me lo callé:

—¿Y éste es tu lugar milagroso? Joder, Bernabé, son putas.

—Pues claro —admitió.

—Muy bien —dije—. Pero así no tiene chiste. Y quién las paga.

—No te amontones, Roberto —se defendió—. Claro que tiene chiste. Son putas especiales. No puedes escogerlas tú. Tienen un arreglo con el dueño, le dan un porcentaje por usar el local, pero no son sus empleadas. Por eso no se van con quien las quiera, sino con los que ellas seleccionan. Hay que seducirlas, tío, y si no te molestas te diré que tu presencia no nos ayuda mucho.

—Suponiendo que me apetezca seducir putas —objeté—, te olvidas de lo otro. ¿Quién las va a pagar?

—Esto es una aventura, ¿no? —se mofó—. No las pagamos.

Le observé fijamente. Malinterpretó mi gesto:

—¿Qué pasa, te asusta?

—No —repuse—. Pero no me la das. Como todas, cobrarán antes.

—Está bien —se rindió—. Llevo doscientos talegos en el bolsillo.

—¿Y el pacto? —le reñí—. Para eso, me habría quedado en casa.

—Vamos, Roberto, que no eres mi jefe. No te debo obediencia. Me pareció que la cosa tendría mucho más color con unas cuantas tías, y no podía estar seguro de nuestro *sex appeal*. No pasa nada por hacer una pequeña trampa. Oye, y si te disgusta, te vas.

Sopesé la situación. En el fondo, no tenía más alternativa que plegarme ante su órdago. Se había reído de mí, había adulterado mi minuciosa reconstrucción, pero encontraría una manera de aprovecharlo y llevarlo otra vez a mi terreno. Por eso capitulé:

—Vale, no la jodamos al final.

Bernabé había dicho la verdad. Allí, eran ellas las que elegían. Ellas eran mujeres entre los veinte y los treinta y pocos, muchas con aspecto de sudamericanas, bastante potables en términos generales. Paseaban entre las mesas examinando a los hombres, y esquivando a los que les desagradaban. Supuse que a medida que avanzara la noche bajaría su nivel de exigencia. Pedimos las bebidas, ya sin reparar en gastos, y a los dos o tres minutos Bernabé tenía a una sensual venezolana sentada en las rodillas. Otras dos merodeaban por los alrededores. Era un habitual, la partida estaba amañada. Pero no elevé la más mínima protesta.

—Seis *mesesitos* más y me hago con el apartamento en Caracas —le explicaba la chica a Bernabé, que la escuchaba con amable atención—. Y me vuelvo allá. ¿Has venido a darme un *empujonsito*?

Bernabé le seguía la conversación con soltura de experto. Una de las amigas de ella se enredó con Alfonso, que la acogió con el azoramiento que siempre le habían producido las mujeres. Pero le tiró un par de tragos a su whisky y pronto estuvo jugando también. A mí terminó por acercárseme una chica al borde de la treintena, no tan bonita como las de mis compañeros. Ni siquiera respondí a su saludo. Toda mi atención estaba puesta en alguien a quien acababa de divisar, escondida en un rincón oscuro. Era una chica de dieciocho o diecinueve años, un ángel caído del cielo a aquella gruta infecta. En sus ojos de cierva brillaba un pánico perturbador. No había tiempo para dudar, y no dudé. Me levanté y me fui hacia donde estaba ella. Creo que fue en ese momento y no antes, Señoría, cuando decidí todo lo que iba a pasar.

7. Por siempre jóvenes

¿Está usted enamorado, Señoría? Bueno, no responda si no le apetece. Supongo que si no lo está, lo habrá estado alguna vez. Necesito que entienda lo que me pasó. Al ver a la chica, después de tantísimo tiempo. No se me ocurre otra palabra para describirlo. No me importa no encontrar otra palabra, tampoco.

No hace falta que le cuente cómo era ella, pero déjeme recordarla. Cabello castaño claro, ojos negros enormes. De estatura mediana, hombros pálidos. El pecho escueto, en su sitio y su sazón. Y aquella mirada, como si estuviera asomada al agujero de una escopeta a punto de dispararse. La conseguí porque estaba dispuesto a conseguirla como fuera, y porque ella estaba demasiado anulada para resistirse. Pero la traté en todo momento con delicadeza, o con lo más parecido a la delicadeza que un puerco como yo es capaz de mostrar. Eso se lo juro, Señoría.

La llevé a la mesa donde estaban mis compañeros, con sus dos cuarteronas exuberantes. Bernabé abrió unos ojos como platos.

—Vaya, Roberto —dijo—. Qué fuerte.

—¿Cómo te llamas? —le pregunté a ella.

—Ainhoa —murmuró, con una vocecita quebradiza.

—Ésta es Ainhoa —la presenté—. Y éstos son mis amigos del alma, Bernabé y Alfonso. Y dos amigas.

—Encantada —se la oyó apenas.

—Bueno, ahora que estamos al completo —anoté, sin perder más tiempo—, creo que tenemos que rematar el homenaje.

—¿Cómo? —preguntó Alfonso.

—Nos falta el colofón —dije—. Propongo que llevemos a las chicas.

—¿Adónde? —volvió a preguntar Alfonso.

—Ya veo —adivinó Bernabé—. ¿A la estatua o a la Real Academia?

—Tú eliges —le ofrecí.

—¿Qué? —dijo Alfonso, que seguía sin entender nada.

—A la Academia —decidió Bernabé—. Lo otro es un lanzazo a moro muerto. No tiene ningún aliciente. Pero la Academia, ya que contamos con un prolífico escritor en el grupo...

—No hace falta que lo justifiques —le atajé—. Vamos.

No costó persuadir a las mujeres. Bernabé enseñó el taco de billetes y recurrió a su desfachatez para convencerlas. A Alfonso, que estaba totalmente mamado, nos costó un buen rato hacerle comprender de qué se trataba. En cuanto a Ainhoa, se habría dejado llevar a cualquier sitio, como un cordero. Le estreché la mano, para tratar de infundirle confianza. Quizá eso la inquietó más.

Cogimos dos taxis. En uno subió Bernabé con las dos venezolanas. En el otro montamos a Alfonso en el asiento del copiloto y Ainhoa y yo subimos atrás. El taxista nos observó de reojo por el retrovisor. Cualquiera que fuera su juicio, optó por callárselo. Mientras bajábamos por la Castellana, viendo pasar las luces y las estatuas de las rotondas, me pregunté a mí mismo si iba a tener el aplomo necesario. Miré el perfil de Ainhoa y me juré que sí.

Bajamos de los taxis en la esquina de los Jerónimos. Componíamos un grupo inverosímil. Las dos altas venezolanas, los dos cincuentones presumidos, la tierna muchacha despavorida y el gordo repugnante y desastrado que era yo. Pero no podía fijarme en eso, ni dejar que nadie más se fijase. Así que tomé la palabra, porque la palabra es el único sortilegio conocido para negar lo notorio y hacer creíble lo que nadie sería capaz de creerse:

—Queridos compañeros, distinguidas invitadas, aquí estamos. Puede decirse que un hombre resiste mientras resisten los ritos de su juventud. Confieso que no esperaba que me acompañaríais hasta aquí. Que os daba por perdidos, como a mí mismo. Pero aquí estamos, ebrios como legionarios, con estas bellas damas que no habrían deshonrado una de nuestras viejas noches de gloria. Y aquí os pido, hermanos, que renovemos nuestro ritual.

—¿No es adorable, este gordo cabrón? —gritó Bernabé.

—Cabrón e hijo de puta —murmuró Alfonso—. Pero sí. Venga, tíos, que voy demasiado ciego, hagámoslo de una vez.

—Antes quiero que nos recuerdes una cosa —le detuve.

—Qué —suspiró.

—*Termópilas* —dije.

Alfonso me miró, incrédulo. Pero ya estaba vencido.

—Joder —farfulló—. Cómo iba. Espera. *Honor a todos aquellos que en su vida*, mierda, *fijaron y defendieron unas Termópilas. Sin jamás apartarse del deber, justos y rectos en todos sus actos...*

Siguió, a trancas y barrancas. Lo recordó, hasta el final.

En toda mi vida, Señoría, no he escuchado un poema más formidable que el que salió de los labios de aquel borracho corrompido. Dejé que me envolviera, mientras luchaba por mantener el equilibrio y por no perder de vista a Bernabé. Allí estábamos, por última vez puros. Era un milagro, y me pertenecía.

Fui el primero en acercarme a la pared de la Real Academia y abrirme la bragueta. Ellos tardaron un poco, y eso me dio la ventaja que necesitaba. En este punto del relato, Señoría, quizá necesite usted un porqué. Quizá sea porque espera que voy a dárselo por lo que ha aguantado usted estoicamente mi narración premiosa y demencial. Pues bien, no tengo un porqué, sino un enjambre de ellos, aunque no espero que ninguno vaya a convencerle. Podría decirle que lo hice por higiene, porque no era conforme al orden natural que tres tipos como nosotros tuviéramos todo lo que teníamos, mientras tanta gente llena de vida y de esperanza carecía de lo más imprescindible. Podría decir que lo hice por una cuestión de espacio, por todo el hueco que ocupábamos los tres (yo con mis libros y mis exposiciones anodinas, Bernabé con sus casas y sus campos de golf, Alfonso con su usurpación farisea de la difunta izquierda revolucionaria) faltando como faltaba sitio para otros que tenían algo decente que ofrecer. Podría decirle que lo hice por una cuestión de justicia, porque hacía años que habíamos dejado de servir al bien de los demás y a nuestro propio bien, porque habíamos arramblado con lo que no era nuestro y eso nos había convertido en un tumor que había que extirpar.

La vida es muy cruel, Señoría. Un día uno tiene veinte años y siente el pecho lleno de rosas nuevas, de promesas de regeneración del mundo. Y al día siguiente uno lo ha jodido todo y es la basura que hay que retirar para que el mundo no apeste.

Pero creo que lo hice sobre todo por ellos, por nosotros. Quise que el tiempo se les detuviera ahí, meando contra la pared de la Real Academia de la Lengua, como cuando teníamos veinte años, mientras dos putas venezolanas y una niña angelical los observaban estupefactas. Quise redimirlos de todo lo demás, de su mezquindad, de sus abdicaciones, de su mugre. Quise recordarlos para siempre así, meándose encima de la autoridad que nos había derrotado, que no era la de la Real Academia, claro, los símbolos en sí no son nada, sino la que prefería que una chusma innoble y ventajista dictara el curso de las cosas. Quise, en fin, que siempre fueran limpios e indómitos. Por siempre jóvenes.

Así que saqué el revólver que llevaba metido bajo el pantalón, el que la camisa me había ayudado a encubrir y mi abyección me había enseñado a manejar. Dos tiros en la nuca, no pudieron hacer nada. Luego miré a las chicas, disfruté extrañamente de sus gritos y su rictus de espanto. Metí el cañón en mi boca. Pero no disparé.

Creo que fue lo mejor. Así valgo menos que muerto. Soy un loco, y mis palabras, un simple delirio. No lo discuto. Sólo quiero una cosa de usted, Señoría. Que me ayude a darle todo lo que poseo a Ainhoa. Que no deje que me incapaciten hasta que la donación sea efectiva. Porque sólo para eso, ya ve, sigo vivo.

UN FANTASMA DE ARCADIA

Sucedió en Santander, aunque posiblemente hubiera debido suceder en otro lugar más apropiado, más solitario, más extraño. Pero el reencuentro tuvo lugar allí, en medio de la canícula, en el paseo junto a la playa multitudinaria, a unos metros de su desagradable estruendo veraniego.

No la reconocí inmediatamente. Si yo andaba por los veintinueve años ella tenía ya cuarenta (diez más que entonces, en los tiempos de Arcadia). Seguía siendo desproporcionadamente escuálida, pero su pelo era más rubio y su tez estaba demasiado tostada por el sol. Ella no me reconoció a mí, por lo que dispuse de una oportunidad de eludirla. Sin embargo, al verme frente a ella, perdí la frialdad que habría necesitado para realizar el cálculo de que a fin de cuentas no había nada que recobrar entre ambos. La paré con rudeza, como si temiera que se esfumara si la dejaba pasar. Inés tardó un segundo en indagar en mis facciones, en atribuirles mi nombre y recordar cómo habían quedado las cosas entre nosotros. Abortó una primera intención de sortearme, supongo que por simple educación, por un reflejo inconsciente que le impidió esa descortesía. Respondió a mi interrogación con una afirmación nerviosa y me preguntó, mirando hacia otra parte, cómo estaba. Intuí que esperaba que yo le dijese que bien, le ofreciera a ella la ocasión de ser igualmente parca y me quitase del medio a la mayor brevedad posible.

No hice eso. La arrastré a una terraza de las inmediaciones y la obligué a contarme trozos de su vida. Mientras ella hablaba, incómoda, procurando ceñirse a lo más anodino sin que pareciese que se zafaba de mis preguntas, volviendo todo el rato la cara al mar, yo leí en sus ojos probabilidades diferentes de lo que en realidad habían debido ser aquellos años para ella. Seguía soltera (o, a aquellas alturas, *se había quedado* soltera), según me confió imagino que porque me interesé sobre el particular demasiado pronto para que le hubiera dado tiempo a ponerse en guardia. En cuanto a las desganadas y más bien defensivas solicitudes de información a que descendió en relación con mi situación y actividades, enhilé para ella una sarta de desfiguraciones ambiguas, no por dar mejor imagen, sino porque Inés no supiera con quién estaba hablando y hubiera de recurrir al recuerdo. Aquella conversación fue, más por mi parte que por la suya, un acto del todo hostil, o para ser más exactos, ávido de hostilidad. Ella capeó el temporal con una distancia precaria, cuidando de no sonrojarse cuando desfilaban por su mente los epítetos que Néstor y yo le habíamos adjudicado en nuestras adolescentes cartas de amor. Inés era consciente de que yo las atesoraba en mi memoria con la misma fidelidad que ella. Le arranqué sus señas, contra su voluntad, y antes de separarnos le prometí que al día siguiente le haría una visita. Opuso objeciones desdibujadas, que si iba a salir, que si tenía que comer con tal y cenar con cual. No me preocupé de escucharlas, porque en ningún caso iban a suponer un obstáculo.

Fui a verla esa misma noche. La sorprendí arreglándose para salir con una amiga. Tras cometer el error de abrirme la puerta quedó abocada a otros; el primero de ellos, cancelar la cita que había concertado. Noté que se dejaba violentar acuciada por una especie de miedo indefinido, que acataba dubitativa. Mientras le describía el plan alternativo que había preparado esa noche para nosotros, en su cerebro se gestó un cándido intento de ubicarse que puso en práctica cuando me encaminé hacia la salida de su apartamento.

—¿Qué es lo que quieres de mí? —inquirió débilmente, como si hablar la fatigase.

—No quiero nada, de ti —repuse, sonriendo.

No fui capaz de ahorrarme aquella crueldad que también era, aunque sólo parcialmente, una falacia. Cómo no quererla, después de haber estado durante años espiándola sin alcanzarla, sin concebir la menor ocasión de hacerlo. Pero tampoco podía buscarla a ella, a la que estaba ante mí, sino que debía desenterrar de entre lo que ella era ahora la sustancia pretérita que yo había amado; el tiempo perdido, como siempre. Un fantasma que no esperaba tocar en aquella mujer en la que vilmente me estaba ensañando.

Durante la cena me fijé en sus arrugas, en el temblor de sus manos (tan finas y suaves como las de ninguna otra mujer que yo hubiese conocido) y en la manera tímida, incrédula, en que trataba de desasirse mentalmente de aquella escena sin sentido que mi obstinación sostenía y prolongaba sin cuidarse de su sufrimiento. Al fin, antes de los postres, se sintió urgida a la rebelión. Cogió su bolso y se levantó de la silla. Preveía mi protesta automática, pero yo no dije ni hice nada. Eso la retuvo un instante, y fue entonces cuando me aseguré de que no iba a huir.

—Eres tú quien no cree que esta noche pueda terminar como ahora pretendes —la reté, aprovechando la indecisión que se desprendía del semblante con que calibraba mi pasividad.

Su cuerpo era blando, quebradizo, y estaba frío a pesar del calor de la noche. Desde luego a mí no me ayudó para nada la ceremonia interminable que ejecutamos entre sus sábanas (cómo olvidar el detalle) de tenue color rosa. Pero tampoco ella halló lo que quería de mí, sin atreverse a darse cuenta. Yo no era Néstor, a quien siempre había preferido, ni conservaba para ella nada que la reintegrase a aquella última juventud que había desperdiciado y que acaso había debido someter a la posibilidad insensata que había tenido en nosotros. Hubo de resignarse a no resolver aquel enigma retrospectivo, pero yo, mientras la veía en el balcón, desde la calle, a la mañana siguiente, esclarecí para siempre que de Inés no recordaría placer superior al de caminar solo en otoño por el Retiro, a un tiro de piedra de donde ella vivía, soñando a partir de medias pistas su desnudez, suspendido en el segundo movimiento del concierto para dos violines del irreprochable Johann Sebastian Bach.

EL DÉSPOTA ADOLESCENTE

Lo había presentido, lo había tocado antes; bajo el rumor apacible de los largos días azules. En parte por ello mi infancia, exceptuando los primeros cuatro o cinco años de irresponsabilidad, había sido triste y digna de olvido. Sin embargo, fue entonces, en ese tiempo confuso, sin orillas, en que salía desorientado de la niñez, cuando comprendí o imaginé con claridad que estaba y estaría siempre solo. Recuerdo haber empezado a aceptarlo cuando aún me acompañaba mi camarada de juegos infantiles, mirando las nubes que se agitaban detrás de su rostro absorto en mi meditación. Pero hubo un instante crucial, aquel instante, en el que sin ayuda ni dolor de nadie elaboré el dogma irreversible de mi aislamiento. Antes de él, no puedo hablar más que de imprecisiones, y he de admitir que las cosas habrían podido tomar un rumbo diferente, que hoy podría ser justo aquello que desprecio o aquello que envidié a veces, en lugar de esto que sencillamente asumo. Por el contrario, a partir de aquel momento, y por más que haya transigido en creer, según las épocas, diversas ficciones alternativas, lo cierto es que o bien he abundado en esa prístina convicción de mi soledad, o bien he empleado contra ella lo mejor y lo más querido de todo cuanto he encontrado (lo que viene a ser un modo exasperado de reconocer su vigencia). Nada ha podido desbaratar la labor ciega, seguramente apresurada y sin duda entorpecida por inexperiencias innumerables, de un muchacho oscuro y para siempre perdido en un indeterminado punto de mi pasado. Ni pudo la suerte, ni pudieron los que se entregaron a mí, ni han podido todos los individuos más o menos generosos, más o menos miserables o imbéciles o taimados que sucesivamente he sido. Ni siquiera, puestos a no poder, aquellos que me hirieron fueron capaces de endurecer en un ápice un designio que ya los había anunciado con diabólica exactitud. Transcurrida hasta el final la embriaguez, cicatrizada la puñalada, arruinada la mentira, desmantelado el cariño, al cabo de los meses o las horas o los minutos, siempre ha vuelto él, armado con su maldición concisa y su legión de símbolos leales a esa maldición. Sí, al cabo de los años. Siempre es joven, eternamente extraviado a medio camino de los últimos soldaditos de plástico y las primeras ojeadas furtivas a las piernas de las mujeres. Y sus armas, inmunes a la pátina que desdibuja todo lo demás, se despliegan en una danza de pasos invariables, ciñéndose a una ley que, lejos de atemperarse en la reiteración, mantiene las aspiraciones intolerantes de lo recién instaurado. He aquí por qué su ciencia es irrefutable: porque acertó a resumirla en principios fríos y remotos, que perduran victoriosos sobre los escombros de todas las demás reglas que efímeramente han sido.

En el comienzo existió una tarde de verano, que se hundía despacio en el crepúsculo. Pudo ocurrir una vez, o cinco, o veinte. El instante, la imagen, son hoy únicos. En la tarde sin refugio, ambarina y enfriada por la brisa que barría las últimas cenizas del día estival, yo caminaba, extraño y desvalido, entre multitudes ociosas a las que el sentido común me suponía asimilable. Compartíamos especie, raza, lengua, nacionalidad; muchos de ellos eran incluso de mi generación, es decir, en pura teoría, habían sido dañados por el tiempo en similar medida que yo. En la tarde había árboles y agua. Ellos iban y venían del agua a los árboles, de la humedad a la sombra, según corresponde cuando es verano. Yo no andaba desvestido, como ellos, y al revés que ellos buscaba los agonizantes rayos de sol. En mi cerebro, imponiéndose a sus conversaciones, a sus chapoteos, a sus gritos y risas, reinaba un silencio persistente. Había escrito o estaba escribiendo un poema cuyo final no difería decisivamente de este pareado lamentable:

Desde vuestra luz y la alegría, ignoráis mis anhelos;
pero yo, desde mi oscuridad, os veo.

Eludiendo sus voces, esquivando sus cuerpos mojados, transportaba mis versos hacia la luz que se escapaba, con la circunspección del sacerdote que acarrea una reliquia. Pero sabía que esas pocas palabras no eran nada, que aquella luz moriría antes de que yo la alcanzase. Empezaba a gestarse en mí una verdad más absoluta, más explícita, más arriesgada. Para acogerla defendía el silencio. Para que pudiera nacer sin vacilaciones me resbalaba sumiso y abstraído hacia la noche.

Con la noche llegaba para todos la hora de la tentativa, el turno de cazar y exponerse a la caza. Había muchas luces, pero no eran la luz. La muchedumbre estorbaba continuamente mi marcha; pero ellos no eran nadie. Yo asistía desde una distancia insalvable al juego, comprendiéndolo, quizá deseándolo, sin contemplar la más leve posibilidad de implicarme en él. Mi caza se desarrollaba entre los angostos límites de mis pensamientos, y en ella se trataba de cobrar una pieza que aguardaba inmóvil el tiro que la abatiese. Afuera, a mi alrededor, los trazos estaban sólo insinuados, inconclusos; las presas eran ágiles y los cazadores entusiastas, y sólo la fortuna podía autorizar con su condescendencia el encuentro. La caza bajo las luces que no eran la luz, entre las gentes que no eran nadie, hallaba su sentido en creer que la magia era probable. Yo no era un mago; la historia de mi caza estaba escrita y sabía en qué punto terminaba, desde dónde no podría seguir y en qué desolado páramo había de empezar a negociar, sin pérdida de tiempo, los términos que amortiguaran mi desesperación. Yo carecía de dobleces, de manera que me daba entero al sufrimiento sin suponer que cabía coexistir con un cínico que se librara de los estigmas. Por esta misma causa, años después, cuando hube de ser ruin, me desprendí de toda la inocencia, sin conservar junto a mí un residuo al que volver de cuando en cuando el alma, para no vivir siempre condenado.

No debía demorarme más en aquella tregua frágil que consistía en discurrir entre el gentío. Salí del paseo y me acerqué a la playa. El mar rompía sin estrépito entre las tinieblas, liberando espumas invisibles. La arena estaba fría. Yo no era una persona, sino el reflejo velado de un espejo abandonado en la oscuridad. Sólo mi mente, sierva y parte del reflejo, tenía obligación de atenderme y derecho a enjuiciarme. El espejo, el reflejo y mi mente estaban del mismo lado, en aquella región donde sólo eran reales las sombras. Al otro lado no había nada, ni siquiera el sueño imposible de la luz. Podía decir, sin moderar mis palabras.

Y dije y esto fue lo que quedó, sin remedio:

Yo, que nací y vivo aquí, en esta penumbra que habrá de engullirme cuando cese el error que me permite mirarla, concebirla como si fuese algo distinto de mí mismo. Yo, que ignoro a qué debo disponer de esta voz y estas manos que volverán al silencio y al polvo sin haber alterado el transcurso de la desgracia o la ventura de los hombres, sin haberme transformado en nada mejor que lo que he sido siempre. Yo, que poseo este instante y padezco por ello el deber de destinarlo a algo, y a falta de recursos o auxilio para impedir que esto redunde en mi perjuicio, confieso desde aquí y hasta la consumación del tiempo que he sido distinguido con la insignia de una aciaga singularidad. Lo confieso y lo acato, y sé qué significan y acarrearán estos dos actos míos. Quede establecido, con este mi consentimiento, que no pertenezco ni perteneceré a ninguna unión de individuos, ni de las que ya existen ahí afuera, ni de las que pudieran crearse en el futuro. No mereceré el aliento del ejemplo ajeno, no participaré de la dicha ni del sufrimiento de los otros. No será mía ninguna época, ninguna patria, ninguna idea, ninguna fe de las que el resto de los hombres, éstos o aquéllos, éstos con aquéllos, éstos contra aquéllos, profesan o puedan llegar a profesar. Y si intentase, contra esta declaración, ingresar en cualquier bando o enfrentarme a él, sírvame de justa e inevitable penitencia comprobar, y demostrar a los que lo presencien, mi rotunda incapacidad para continuar decorosamente lo iniciado. Sólo podré sostener esfuerzos provisionales, intermitentes, inmediatamente previos o subsiguientes a la huida que me exima de mostrar la debilidad de no saber, no deber creer.

No, no he de emular a otros. Ni seguir sus pasos, ni pensar siquiera en imitar el tesón del sabio, cuya lucidez me vedará mi inconstancia, o el arrojo del aventurero, cuya ebriedad no es compatible con mi reserva. Pero tampoco estarán a mi alcance los cien mil hombres grises, los cien millones de actos cotidianos que se sucederán ante mis ojos. He de recordar que tengo miedo de la noche, de las mujeres, de la polémica, de ser lastimado. He de saberme en todo momento expulsado del mundo, incluso de lo más fácil y lo más común de cuanto contiene. Estoy aquí, junto al agua que ahora nadie busca, apartado de las luces y la dulce incitación de esos cuerpos tibios; soy árido, desviado, subnormal; y nada lograré si me aparto de esta conciencia irrenunciable. Ningún orgullo, ninguna recompensa.

Anuncio, y desafío al tiempo y a los mismos responsables de mi castigo a que me desmientan, que desapareceré sin haber hecho la mayor parte de las cosas que los hombres más vulgares repiten con soltura. Sin haberle partido la cara a un miserable, sin haber inspirado el amor o el deseo de una mujer —sin haber gozado de ninguna, aun sin lo anterior—, sin haber aprendido a jugar al ajedrez o a conducir un coche. Supongo, en defecto de todo esto, que me empeñaré en practicar hasta el agotamiento todos y cada uno de los vicios solitarios que mi cerebro imagine, rastreando improbables manifestaciones de la belleza en las paredes de mi túnel cegado. La belleza, esa ramera vendida a los fuertes, a los genios, a los dioses. La belleza, que se dejará contemplar, sin verme siquiera. O que me engañará, simulando manar alguna vez de entre mis dedos, para socavarme con el recuerdo de esa compensación fugaz y falsa en los interminables momentos de verdad.

La belleza. No, la belleza no se apiada del que está solo, porque ella siempre es otra cosa, nunca está dentro, sino enfrente, quieta, extraña. Acepto que jamás saldré de mí y con ello digo no sólo que jamás será mía, sino que he de debatirme en la lucha inútil de arrancármela de dentro, donde no puedo hallarla; de inventarla, en definitiva, y degradar en mi espejo su imagen.

Al final, únicamente permanecerá conmigo esto, esta noche muda que se extenderá hasta más allá de cualquier invención que le oponga; que destruirá sistemáticamente cualquier obra que erija olvidando que soy suyo. Ahora todo está tranquilo y el mar ronronea suave a mis pies, porque miro la noche y la admito. Pero el instinto me llamará a maldecirla, a luchar contra la falta evidente de esperanza. Qué desastres desencadenaré, cuando intente renegar de lo que hoy he comprendido.

Y sólo a la noche y al silencio podré confiarme cuando el miedo me ahogue y la rabia, sofocada por un brazo de acero, estalle infinita en mi garganta. A vosotros, que estáis ahí, al otro extremo del mundo, he de limitarme a espiaros, atento e impotente.

No, no fueron éstas las palabras que dijo aquel muchacho. Y sin embargo, así es como lo recuerdo. Porque él sobrevivió y en los años sucesivos tradujo a signos expresos todo lo que en su declaración había sido insinuado o sobreentendido, o bien porque yo, incapaz de reproducirla en la asombrosa exactitud de su lenguaje rudimentario, he tenido que traducirla a uno más impuro para recordarla. No es esto lo que interesa establecer, sino la dolorosa firmeza de su veredicto, confirmado a lo largo de tantas fugas y tantos regresos, pese a las superficiales objeciones que reuní, aquí y allá, basándome en los espejismos de mi historia.

Es cierto que obtuve los medios materiales necesarios para subsistir, que más de uno llegó a tomarme en serio o que me integré de manera aparente en el entorno que el azar me deparó como contemporáneo. Incluso atravesé con mayor o menor virtuosismo, en noches más o menos meteóricas, por el lecho de un cierto número de mujeres. Y aunque del ajedrez nunca supe más que las casillas y los rumbos que podían cubrir las piezas en sus desplazamientos, a punto estuve de involucrarme en un par de percances fatales por conducción temeraria. Pero nada de ello ataca decisivamente aquella remota confesión de inhabilitación y desarraigo, aquella condena irrevocable a no ser como el resto. Manejé indicios discutibles, demasiado breves, y eso fue todo. Si me paro ahora a considerarlo sin pasión, nada de aquello ha quedado dentro de mí. Se han borrado los nombres, he perdido las fuerzas, he olvidado las técnicas. Y no es lícito aferrarse a esos fantasmas que apenas enseñan la cara, que me abandonaron sin dejar huella, tragados por el torbellino imparable del tiempo. Para qué todo. Aquí sigo, solo, virgen, agazapado ante un cielo tan negro y silencioso como el de aquella noche. Y vuelve a asustarme la oscuridad, ahora que vivo despojado de las frivolidades que me distrajeron de ella, permitiéndome consumir impávido noches y noches sin enfrentar más que el revoloteo inofensivo de una larga serie de obsesiones fútiles. No conseguí nada, no cambié nada, porque hice y me debatí y hasta aullé pero nunca, irremediablemente sujeto a las objeciones fatídicas del muchacho nocturno, acerté a creer por completo en el espectáculo que ocupaba el escenario. A lo largo de los años he debido defender que quise y me consagré a otros, para no despreciarme, y me he obligado a fortificar en mi corazón la certeza de ser amado por algunos, para no enloquecer. Ahora, cuando todo se ha resuelto en los términos en que se inició, quizá sea el momento de cuestionarlo y de cuestionar, en suma, que al otro lado de mi voz y de mis actos existiera alguna vez lo que suele presumirse detrás de un ser humano. Siempre ha sido en realidad el momento, porque jamás me desprendí limpiamente de la sospecha. Pero es ahora cuando no puedo eludirlo. Acaso, y ése será como mucho el sentido de cuanto he hecho, procurar el aplazamiento fue una hazaña caritativa para conmigo, para con otros.

Tal vez si tuviera más y mejor tiempo lograría persuadirme de que existen otras posibilidades más benévolas. En esta madrugada lúgubre sólo me compete no negar la que acabo de exponer; por más que con ella devalúe todas las cosas que me importaron. Pero cómo puedo oponerme, hoy, si al volver los ojos hacia mi memoria, en busca de consuelo, no aparece en primera instancia ninguno de mis seres amados y perdidos, sino la imagen intacta de la Náyade, apartando ausente con sus largas manos pálidas la maraña endeble del resto de mi vida.

La Náyade, habré de hacer esta última confesión, fue la musa imaginaria que el adolescente se fabricó con rasgos dispersos de lejanas muchachas; el espectro en que se materializó su imitación frustrada de la belleza inalcanzable. Después de todo lo que he soñado vivir, mi primer asidero es ella. Ella, que tantas veces acreditó su insuficiencia en noches tibias de luna, junto al agua del mar y las fuentes. Aquellas noches en que, de tanto no recibir respuesta, llegué a oír, sobrecogido, el pensamiento de Dios.

APÉNDICE

NOTA DEL AUTOR: Los dos relatos incluidos a continuación no formaban parte de la primera edición de este libro, aparecida en 2003. Aunque escritos con posterioridad, a juicio del autor participan plenamente del espíritu que anima el conjunto originario, y por ello cree justificado recogerlos, con ocasión de la edición de bolsillo, en el presente apéndice.

CONTÁRTELO, ADELA

Necesito contártelo, Adela, aunque tal vez no puedas, aunque tal vez no quieras saberlo. Necesito decirte cómo ha sucedido esta historia que me resisto a creer verdadera, que aún no sé si no estaré soñando.

Vino a mí. No habría podido ser de otro modo. Tú sabes que yo no busco ni buscaría, que mi pacto con la vida, después de lo que nos sucedió, se basaba en no esperar nada y conformarme con que nada viniera. Pero un día, mientras yo andaba a otras cosas, ella acudió.

La primera vez la vi en invierno. Y no te diré que no me atrajo. Pero lo hizo como corresponde que atraigan a un hombre en la cincuentena, y bastante consciente de sus limitaciones de cuerpo y espíritu, las veinteañeras vistosas que se cruza por la calle. La consideré como un ente abstracto, más como una proyección de la idea de belleza que como una belleza tangible. No sólo no me planteé poseerla; ni siquiera lo deseé, porque uno sólo desea realmente las cosas por las que está dispuesto a hacer algún sacrificio, y yo por ella, en aquel momento, no habría arrostrado la más mínima alteración de mi ordenada rutina.

Sólo puedo apuntarte una mínima perturbación, algo que la hiciera singular. Aquel primer encuentro sucedió en una situación poco propicia, en un pasillo, donde su hermana, una de las secretarias, me la presentó mientras yo estaba apurado por otras cuestiones. No creo que la conversación, un simple intercambio de cortesías, durase más de un par de minutos. Pero ella se las arregló para que su mirada se me quedase grabada en la memoria. No estoy acostumbrado a que una mujer que podría ser mi hija me mire de arriba abajo sin ningún recato.

Lo achaqué a alguna clase de rareza, o a una impertinencia que en modo alguno creí necesario reprimir; cuando los años avanzan, uno aprende a no sentirse afectado por la insolencia de los jóvenes. Y supongo que la habría olvidado por completo al cabo de pocos días, de no haber sido porque una semana después recibí en mi casa una carta.

Mi dirección particular, según me contó luego, la encontró a través de su hermana, aprovechando un descuido suyo otro día que fue a recogerla a la oficina. Luego, simplemente, escribió la carta y me la mandó. Un acto que habría podido ser intrascendente. Imaginemos que la carta hubiera sido un anónimo amenazante. O un anónimo mordaz. O un anónimo ofensivo. La habría roto en mil pedazos y me habría olvidado de ella, como he hecho siempre con esa clase de mensajes, sin consecuencia hasta la fecha. Pero no, la carta no era anónima. Se identificaba con su nombre, Nathalie y, por si yo no la recordaba, me indicaba de quién era hermana y cuándo nos habíamos visto. Tras algunas consideraciones sobre mi persona y la impresión que le había causado, me proponía sin mayores circunloquios que nos acostáramos juntos.

Al estupor, como en mí es habitual, sucedió el análisis, al que me apliqué con rigor y sin aspavientos. Podía ser una burla, en cuyo caso lo mejor que podía hacer era ignorarla. Podía ser una oferta seria, en cuyo caso, concluí tras una breve reflexión, debía ignorarla igualmente. No tenía sentido atenderla, y tampoco reaccionar con ira. Era evidente que su hermana le había facilitado ciertas informaciones sobre mí, sobre mi vida y mis circunstancias, y entonces todavía podía sospechar que le hubiera dado mi dirección privada. Pero ni siquiera en caso de que así fuera juzgué útil aplicar ningún castigo. No se puede evitar que la existencia de uno alimente la murmuración ajena, ni cabe impedir que otros tengan acceso a informaciones que uno preferiría mantener reservadas. Nada de eso es grave si no plantea un peligro preciso. No lo percibí en Nathalie, y preferí archivarla como a una lunática demasiado audaz. Pero hice algo que admito incoherente: guardé la carta.

Por qué la guardé, creo que empecé a comprenderlo al recibir la segunda misiva. En ella, mi corresponsal recuperaba una frase que ya había utilizado en la primera, una frase que es cierto que podía parecer una banalidad, incluso una cursilería, pero que no sé por qué escogí leer como una prueba de perspicacia: «Ese desierto limpio y triste que asoma en tu mirada pide a gritos ser habitado». Cuando me tropecé de nuevo con esas palabras, me quedé pensativo.

Pero, una vez más, nada hice. Y tal y como había hecho con la primera, guardé la carta.

En los meses siguientes continuaron llegando cartas que leí y guardé sin darles nunca respuesta. La oferta se renovaba en todas (junto a un número de teléfono móvil, siempre el mismo), y en cada una Nathalie me iba contando cosas de su vida, de sus emociones, de sus deseos, incluso de sus melancolías. En resumen, deduzco ahora: se iba construyendo ante mí, sin conocernos ni encontrarnos, como la mujer que esperaba que un día me atrajera tanto como para hacerme sucumbir.

La llamé un día de verano. No me preguntes por qué. No sé si fue simple curiosidad, o cansancio de aquel ritual neurótico, o si de un golpe se juntó una dosis de deseo y otra de imprudencia, las necesarias para aceptar una cita con la hermana de una empleada bajo premisas cuando menos inconvenientes. Nathalie atendió nerviosa el teléfono. Aceptó sin rechistar el lugar y la hora que, casi autoritario, dispuse.

Ése fue mi último acto de poder sobre ella. Porque cuando la encontré, en el lugar estipulado, esperándome aunque yo llegaba con algún minuto de antelación, me causó una conmoción bajo la que todavía me encuentro. Llevaba unos pantalones ceñidos, los hombros descubiertos y una blusa de poco escote, pero lo bastante ajustada como para hacerme sentir el poderío de aquellos pechos que la llenaban hasta comprometer sus costuras. Desde el primer momento, y aunque se la veía insegura e inquieta, el fulgor amarillo de sus ojos se expuso sin pudor a mi escrutinio, y aún más desembarazada se mostró a la hora de hablar de sus sentimientos, sus ensoñaciones, sus fantasías.

Aquella tarde no pasó nada. Quiero decir, ni siquiera la rocé. Pero los dos supimos que la próxima vez que volviéramos a vernos tendríamos que arrojarnos el uno en brazos del otro. Así lo constatamos, en una extraña y ardiente conversación telefónica que tuvimos al otro día.

Y volvimos a vernos. Esta vez ella vino escotada, y con falda, y mis manos tardaron poco en pasearse por sus muslos y buscar acomodo entre sus copiosos pechos de color bronce. Fue entonces cuando le dije, como una broma, que tenía piel de árabe, y ella me respondió que también donde no se veía, y que si quería comprobarlo. Temí el momento de encontrarme desnudo ante ella, después de tantos meses de onanismo compensatorio. Pero cuando desabroché su sujetador y sus pezones oscuros se ofrecieron a mis labios, cuando bajé su tanga gris y su sexo moreno me llamó como la madre de todos los abismos, sentí que mi miembro se afirmaba con una rotundidad antigua y desconocida.

Y así sigue, un mes después, cada vez que su boca ansiosa lo recibe, cada vez que sediento busca él su vientre. La vida es así de excéntrica, Adela: cuando ya no toca, allí donde no debía, viene y estalla.

Aunque estés muerta, espero que lo comprendas. No tengo más remedio que amarla, porque sigo siendo un trozo de vida, absurdo y desvalido. Un trozo de vida que, pase lo que pase, te añora siempre.

SONRÍE, MAMÁ

Jonathan se sacó del bolsillo el teléfono móvil multimedia con sonido polifónico y capacidad para videoconferencia y se quedó observándolo fijamente durante unos segundos. En ese momento se iluminó la pantalla, sonó a todo trapo la melodía en versión *politono* de la canción de Maná que acababa de bajarse y en el cristal líquido se dibujó el icono bobalicón que anunciaba la recepción de un SMS. Dudó durante unos instantes, porque no esperaba que le escribiera nadie que despertase en él la más mínima curiosidad, pero finalmente apretó el botón que activaba la opción *Leer*. Y un segundo después leyó: *haber tio si ds sñls d vida tq bsos jessi.*

Jessi. *Haber tio*. Así andaba la bruta en Lengua, cómo no la iban a suspender. *Tq.* Ah vaya, ahora le quería. Estupendo. Apretó sin inmutarse el botón que activaba la opción *Borrar* y trató de recordar para qué había sacado el teléfono.

Ah, sí, ya caía. Iba a probar la cámara fotográfica incorporada en el aparato. Hasta aquel momento no se le había ocurrido qué fotografiar con ella. Teóricamente, una cámara fotográfica resulta de utilidad cuando uno tiene ganas de registrar la imagen de algo. Aunque a veces, pensó Jonathan, parecía más bien que había que tener ganas de registrar imágenes por el solo hecho de llevar una cámara que pudiera captarlas. Pues bien, si ése era el caso, y si él, aunque sólo fuera por un momento, decidía convertirse en uno de esos borregos que hacen las cosas que se supone que a uno le tienen que apetecer porque le dan la posibilidad de hacerlas, debía encontrar algo que inmortalizar. Siempre podía sacar una instantánea de su propio careto, ésa es la primera opción que se le ocurre a un imbécil, y mandársela a cualquiera. Por ejemplo a Jessi. Le podía poner una cara tierna, o fruncir los labios en un beso fingido, o sacarle la lengua o presentarle un dedo bien tieso en primer plano. Eso, como cualquier otro imbécil. Pero procuraba no ser imbécil, ni hacer cosas de imbéciles. También, se le ocurrió ya a deshora, podía haberle sacado una foto al capullo de su padre, que le había regalado el cacharro, y calculaba que no le habría costado mucho convencerle para que se dejara, porque el viejo se había empeñado, apenas habían armado el artilugio y le habían conectado la batería, en probar la cámara. Si en lugar de haberle respondido secamente que ya la probaría le hubiera dicho *a ver, posa*, el muy cretino seguro que habría puesto cara de algo. Y luego se la habría podido mandar a su madre, por ejemplo, para que sintiera alivio de no ver ya esa jeta todos los días. Pero para qué recordarle a mamá malos rollos.

Por eso no le había pedido a su padre que posara, y después de montar el teléfono se lo había guardado, en espera de algo que le interesara más. De hecho, prefería que no fuera una persona, porque la única cara humana que le habría apetecido fotografiar habría sido la de un desconocido (un barrendero, una camarera, un policía municipal), y le daba pereza pedir permiso a alguien para que le dijera que no, o que sí, y entonces dejara de poner cara de desconocido y le mostrara un rostro deformado por el patético esfuerzo de salir simpático, o guapo, o lo que fuera. Por eso, Jonathan había decidido fotografiar un paisaje, y había ido a buscarlo.

Lo buscó en la ciudad, primero. Para ello, tuvo antes que engañar a su padre, diciéndole que no hacía falta que lo llevara de vuelta a Parla, porque había quedado con unos colegas en Cibeles. No fue fácil desembarazarse del viejo, al que de repente parecía haberle entrado un fervor navideño que no le recordaba de cuando vivía en casa y llegaba siempre tarde y con cara de perros a la celebración familiar que había preparado sin ninguna ayuda su madre. Hasta le preguntó si no quería ir a ver Cortylandia, como si no se hubiera enterado de que hacía ya diez años que Jonathan no creía en los Reyes Magos, y ya para rematar le propuso ir a tomarse una hamburguesa bien grande los dos juntos mientras hablaban de sus cosas, como si no supiera, y mira que se lo daba a entender, que no había cosas que fueran de los dos ni sobre las que pudieran hablar nada. Logró al fin sacudírselo en la esquina de Preciados y Sol, y echó a andar hacia la calle de Alcalá. Tenía prisa por salir de allí, de aquella aglomeración de gente tarada por la necesidad de comprar algo, de todas las malditas luces navideñas con las que alguien que debía de creerse sus propias mentiras jugaba a ponerle un fugaz barniz de calor al asfalto frío e inhumano. Por un momento, ya en la esquina de Alcalá, sopesó que la foto fuera ésa. El mar de luces de la Puerta del Sol, con el puto reloj de las uvas de fondo. Las uvas de la suerte, la luz de la vida. Sólo faltaba alguien que pasara diciendo *bebe Coca-Cola*. Bueno, si hubiera conseguido que en primer término se colocara un moro aterido de los que formaban corros en la plaza, a lo mejor la foto habría tenido su punto. Pero tampoco iba a intentar eso. Lo mismo el moro se enfadaba porque no entendía que lo necesitaba para crear una imagen chocante, o resultaba que sí lo entendía y entonces lo mandaba al cuerno o le sugería, con toda razón, que se buscara un mono o una cabra.

Bajó por la calle de Alcalá, dando la espalda al paraíso comercial donde la gente se arremolinaba en busca de esas pequeñas cosas que dan sabor a la vida cuando la vida se ha vuelto insípida. A veces, Jonathan pensaba que era una faena haber nacido en un mundo donde el personal tenía como meta principal llegar al viernes o comprarse ropa o *tunear* un coche. Desde pequeño le había gustado leer historias de piratas, de conquistadores, de guerreros. Ya sabía que los piratas eran unos criminales sin educación, los conquistadores unos codiciosos que se metían sin derecho en la vida de otros pueblos, y los guerreros unos mendrugos de quienes se servían otros tipos más listos y que casi siempre peleaban por una causa injusta. Sabía, también, que toda aquella gente, cuando existió de verdad, pasaba hambre, frío y miedo y veía y hacía cosas crueles y espantosas. Pero con todo, si cerraba los ojos y se dejaba soñar sin más, se veía mirando desde la borda de su navío cómo se hundía entre llamas el barco que acababa de saquear con sus hombres, o arrodillado y exhausto en lo más alto de una pirámide de Tenochtitlán, o erguido sobre el campo de batalla alfombrado con los cadáveres de sus enemigos. Y le parecía que en momentos así la vida tenía que tener un sabor tan fuerte y tan rotundo que todo lo demás, incluso lo que estaba mal o estaba bien, debía de volverse insignificante. En cambio, le tocaba vivir en un mundo y entre una gente que siempre tenía su justificación y su excusa para todo, lo mismo para hacer algo por los demás que para aprovecharse de ellos o para darles por saco, y donde lo que resultaba insignificante era la propia vida. Sentía que no podría entrar en la rueda, que no podría resignarse a trabajar con contratos de un mes en un híper o de guardia de seguridad (o de ingeniero de telecomunicaciones, qué más daba eso), para aguantar así durante unos años y cuando pasara de los treinta empezar a pensar en cómo meterse en una hipoteca y treinta o cuarenta años después morirse pagándola. Sentía que un día tendría que escapar, borrarse de aquel juego y aquella farsa, pero adónde podía ir. No había llegado al extremo de los chavales japoneses que quedaban en Internet para suicidarse todos juntos. A Jonathan no le atraía el frío de la muerte, sino la vibración de la vida, y no le parecía que la mejor solución cuando no la encontrabas fuera cortar de cuajo la posibilidad de experimentarla. Sí, necesitaba un sitio adonde marcharse. Y no dejaba de pensar en ello.

Pero de momento allí estaba, en Madrid. No se veía fea la bajada hacia Cibeles, y todavía le gustó más cuando apareció la Puerta de Alcalá al fondo. Había menos gente, para empezar, y la distancia y la perspectiva siempre provocan que las ciudades, especialmente de noche, adquieran un aura de ensueño, aunque el que la mira sea consciente de que es una ilusión, una simple trampa de los sentidos. Por un momento, consideró la posibilidad de fotografiar aquello, para probar la cámara del teléfono. Pero volvió a guardarlo en su bolsillo. No era una postal, tampoco, lo que le apetecía hacer.

Desde Cibeles torció hacia el Paseo del Prado. Caminó por la estrecha acera del Banco de España, dejando que los coches, que se amontonaban en un atasco descomunal, le aturdieran con su ruido y con su humo. Los coches cuyos maleteros imaginó llenos de Playstations, Action men, muñecas Bratz, Hot Wheels, el alucinante y colorido horizonte postizo que se ofrecía a las nuevas generaciones. Se acordó de su prima Andrea, que veía todas las semanas a Ana Obregón haciendo de edificante bailarina de *striptease*, y que (luego pasa lo que pasa) en su séptimo cumpleaños le había pedido a su tía un tanga rosa. O de su primo Adrián, que con seis años le había razonado con toda seriedad por qué el eviscerador del videojuego Quake IV era su monstruo favorito. Se acordó de la cara que ponían los dos, Andrea y Adrián, delante de la pantalla de la tele la una y delante de la pantalla del ordenador el otro. Los dos imperturbables, sin importar las barbaridades que dijera la gente que parloteaba en la caja tonta ni lo horrendas que fueran las mutilaciones que se iban sucediendo en el videojuego. A veces, cuando se quedaba observándolos, le parecía que estaban puestos de algo.

Cuando vio al fondo la estatua de Neptuno, pensó por un momento en hacerle al dios marino la foto. Luego podía mandársela a su amigo Christian, para hacerle saber que también él tenía ya un teléfono con cámara y hacer profesión de sentimiento colchonero. Los dos eran del Atleti, como estaba mandado, habiendo nacido al sur del Manzanares. El Madrid, para traidores como Raúl, que era de San Cristóbal de los Ángeles y ahora prefería rozarse sólo con los ricos. Jonathan sabía que los futbolistas del Atleti eran igual de ricos y también iban en Porsches y Mercedes y coches así, pero le gustaba decir todo aquello a los madridistas de Parla para provocarlos y hacerles sentir mal. En el fondo, tampoco el fútbol tenía mayor importancia. Lo había jugado desde chico, había sido forofo atlético a muerte, pero desde que los futbolistas no eran más que metrosexuales que se teñían el pelo y vendían camisetas, y que en el campo no corrían ni se arriesgaban porque andaban siempre con miedo de que los lesionasen, el fútbol le aburría soberanamente y pasaba de él.

Así que no retrató a Neptuno, tampoco. Caminó hasta Atocha, entró en la estación, se dirigió a los andenes y mientras esperaba allí se bajó la canción de Maná. Lo hizo porque se le había quedado en la memoria el número y la clave que había que meter para descargarla, no porque le matara aquel grupo. Mientras la recibía, se quedó mirando la estación. La Navidad no iba a llegar aquel año para doscientas personas que se habían quedado allí, o en otras estaciones a las que se llegaba por aquellas vías. Ni para ellas, ni para los que habían dejado aquí. Comprendió que eso sí que era chungo, y no sus amarguras de adolescente desorientado, y le dio algo de vergüenza dejarse deprimir por sus pequeños problemas. Cuando vino el tren, subió entre la gente cargada de paquetes. Hizo todo el trayecto con la mente en blanco. Las luces de la ciudad, las hileras de faros rojos y amarillos de las caravanas en las autopistas con las que se cruzaban las vías, desfilaban ante sus ojos proporcionándole una sensación agradable, por extraña. Así vista, como una simple bandada de luciérnagas decorando el paisaje de la noche, la gente, aquella horda de consumidores apresurados y obedientes, dejaba de molestar y se convertía en el signo mudo de una misteriosa belleza que palpitaba por debajo de la fealdad de todas las cosas.

Eso le reconfortó. Mucho. Y fue al bajar en Parla cuando se le ocurrió, por fin, la idea de lo que iba a fotografiar.

Allí estaba ahora, solo en el andén, mirando las vías. Volvió a sonar la melodía de Maná. Otra vez Jessi. Borró el mensaje sin leerlo. Luego cambiaría el tono. Había sido una debilidad imperdonable, los de Maná eran unos cursis disfrazados de macarras. Se encajó los auriculares y buscó una canción más apropiada. *Thoughts of a dying atheist*, de Muse. Mientras sonaba, hizo la foto. Los dos raíles de la vía que unía Parla con Getafe, destellando en la oscuridad. Se la mandaría a Amparo, la mujer de cuarenta años con la que chateaba, a quien contaba todo lo que no podía contarle a Jessi, y que le contaba a él la infelicidad de su matrimonio. Y le escribiría un mensaje: *dos relámpagos en la noche*. Amparo entendería. Amparo entendía siempre. Se guardó el teléfono. Hecha la foto, trató de olvidarse de todo lo que había estado pensando. Su madre le esperaba para la cena de Nochebuena. Y él, como los piratas, los conquistadores y los guerreros, tenía ahora una misión que sí merecía la pena: hacerla sonreír.

ÍNDICE